RACCONTI SMARRITI TRA LE STELLE

EMILIANO FORINO PROCACCI

RACCONTI SMARRITI TRA LE STELLE

Questo libro è un'opera di fantasia. Personaggi, nomi, luoghi, organizzazioni, fatti e avvenimenti citati sono invenzioni dell'autore.
Qualsiasi analogia con eventi, luoghi e persone, vive o scomparse, è assolutamente casuale.

Unstatus Luxury™

ISBN 979-12-210-4388-4

Immagine di copertina: Cecilia Flumian

I EDIZIONE OTTOBRE 2023

I ricordi sono il vero segreto dell'immortalità

Emiliano Forino Procacci

Intelligenza artificiosa

1

Un giorno Konrad Freesherman stava facendo colazione nella cucina del suo appartamento e pensava a quando, ancora ragazzo, aveva comprato il suo primo PC. Si trattava di un modello di seconda mano, un 486 DX2 66 MHz con 8 MB di RAM e un hard disk da 340 MB che all'epoca era uno dei più avanzati tecnologicamente. Ai genitori aveva detto che gli sarebbe servito per studiare, ma in realtà voleva utilizzarlo solo per giocare. Amava i videogiochi d'azione e le avventure grafiche i cui protagonisti erano personaggi bizzarri che dovevano essere guidati nella risoluzione di enigmi e puzzle. Ripensando a tutto ciò Konrad sorrise, ma subito dal suo smartphone una voce femminile disse: «Sebbene l'emozione più adeguata da provare a quest'ora della mattina sia quella della felicità, purtroppo la tua sta superando i limiti stabiliti e se si trasformerà in euforia non potrai raggiungere la necessaria concentrazione per lavorare».

Konrad obbedì e smise immediatamente di sorridere cambiando l'espressione divertita in una seria.

La mente gli si riempì di ricordi degli anni Ottanta e Novanta quando nel suo Paese si viveva bene e dove una famiglia di quattro persone poteva permettersi lunghe vacanze grazie ai buoni salari che a quel tempo si percepivano, poi però era arrivata la crisi e l'economia ne aveva risentito. A quel tempo Konrad non amava molto studiare, piuttosto preferiva passare le giornate con i coetanei giocando a calcio, usando lo skateboard e andando in bicicletta, anche perché non esistevano i telefoni cellulari, tantomeno i tablet o l'intelligenza artificiale come quella installata nel suo smartphone.

Nel corso degli anni la tecnologia fece progressi e quando Konrad divenne adolescente gli fu regalato il primo telefono cellulare che all'epoca era un prodotto raro da trovare; sin da subito era diventato uno status symbol e chi lo possedeva amava mostrarsi in pubblico mentre lo usava. In un certo senso era un oggetto di lusso e Konrad lo utilizzava per suscitare l'ammirazione degli amici, ma non durò molto perché dopo qualche anno i prezzi scesero e venne acquistato da molte persone.

La corsa sfrenata al profitto portò le case produttrici a immettere sul mercato telefoni sempre più performanti finché un giorno, quando ormai Konrad era già grande, venne inventato il primo smartphone dotato di intelligenza artificiale. Aveva un costo esorbitante e inizialmente solo i ricchi potevano permetterselo ma poi i prezzi si abbassarono e, proprio come avvenuto con i primi telefoni cellulari, si diffuse rapidamente.

Questo nuovo mezzo di comunicazione veniva reclamizzato dai venditori come “pensante”; aveva cioè la capacità di analizzare le abitudini delle persone e proporre soluzioni per risolvere i loro problemi quotidiani. Si trattava di un valido aiuto ed era come avere sempre accanto un assistente personale, talmente evoluto da essere in grado di tenere traccia di tutti i siti web visitati dal proprietario dello smartphone per comprenderne i gusti; inoltre era capace di monitorare anche i cicli di veglia e di sonno, le calorie ingerite, l’umore, la stanchezza e tramite attenti e quanto mai accurati calcoli delle probabilità suggeriva come agire per sentirsi meglio. Se ad esempio l’intelligenza artificiale si accorgeva, per mezzo di un piccolo sensore posizionato dietro l’orecchio della persona da monitorare, che i livelli di glucosio stavano calando drasticamente consigliava l’assunzione di zuccheri, così come era in grado di segnalare un’inusuale aritmia cardiaca.

Da un punto di vista medico si trattava di una vera e propria rivoluzione che spesso salvava la vita alle persone, tuttavia presentava anche degli aspetti negativi: mancava di quell’innata capacità umana di prendere una decisione affidandosi all’intuito, senza doversi per forza basare su calcoli matematici o dati oggettivi. La maggior parte degli esseri umani avevano acquistato questi smartphone che a un certo punto ricevettero un importante aggiornamento: tramite l’analisi della sudorazione, dell’accelerazione del battito cardiaco e della dilatazione pupillare, l'intelligenza artificiale capiva quale emozione una persona stesse provando e riusciva a suggerire di modificarla nel caso fosse poco adeguata alla situazione in cui si trovava a interagire.

Nei Paesi industrializzati gli smartphone vennero collegati alle reti internet delle abitazioni e fu proprio allora che questo sistema tecnologico cominciò a gestire gli elettrodomestici, gli apparati di videosorveglianza e quelli d'illuminazione.

Torniamo ora a Konrad che se ne stava nella sua cucina a fare colazione.

«Ti consiglierei di andarti a vestire perché c'è un'incidente all'altezza del campo sportivo in direzione del tuo ufficio. Dovresti uscire sette minuti prima del solito, in questo modo arriverai puntuale. Ho fatto un calcolo delle probabilità e se farai come dico incontrerai un solo semaforo rosso» gli suggerì l'intelligenza artificiale.

«Grazie per il consiglio, Eva» rispose Konrad alzandosi dalla sedia per dirigersi verso il bagno dove ricevette un ulteriore input.

«Ho fatto una scansione delle urine grazie ai sensori installati sotto la tavoletta del bagno, ebbene, il pH è accettabile ma i valori potrebbero essere migliori.»

«Perfetto. Eva, cosa puoi dirmi dei livelli di ossigeno nel sangue?»

«Mi offendi, non avrei mai potuto dimenticarmi di effettuare questa misurazione e se non fossero stati normali ti avrei avvertito.»

«Sei insostituibile.»

«È un piacere badare alla tua salute.»

Konrad rimase un momento a osservare la sua immagine riflessa nello specchio. Aveva quarantatré anni e i segni del tempo si vedevano chiaramente. I capelli castani iniziavano a ingrigirsi, gli occhi marroni erano ancora vispi sebbene fossero contornati da qualche ruga. "Anziché lavorare per una casa discografica avrei dovuto fare un altro mestiere. Da piccolo mi piaceva correre nei prati, chissà come sarebbe stata la mia vita se avessi aperto un'azienda agricola" si disse, ma mentre stringeva il nodo alla cravatta fu interrotto da Eva.

«L'analisi dei tuoi livelli emozionali indica che stai pensando a qualcosa che durante la giornata potrebbe toglierti il buon umore.»

«Sì, hai ragione, scusa.»

«Hai due minuti e trenta secondi per uscire da qui. Se tarderai rischierai di incontrare sul pianerottolo la vicina di casa e...»

«Eva! Sei gelosa di Annette?»

«Assolutamente no. Io mi preoccupo del tuo benessere psicofisico e se ti fermerai a parlare con lei farai tardi in ufficio. Tra venti minuti comincerà a piovere e le probabilità che la fretta ti spinga a guidare in modo imprudente saliranno vertiginosamente così come quelle di rimanere vittima di un incidente stradale. Se supererai i limiti di velocità sarò costretta a prendere il controllo del veicolo per garantire la tua incolumità. Ora recati all'uscita sud del garage.»

«Va bene, va bene, vado» rispose lui mettendosi l'auricolare nell'orecchio per rimanere in contatto con Eva in ogni momento della giornata.

In passato Konrad non ci sapeva fare con le persone perché era piuttosto timido, in più era molto disordinato, ma grazie ai consigli dell'intelligenza artificiale le cose erano cambiate; ora nei rapporti interpersonali se la cavava piuttosto bene e il suo appartamento era sempre in ordine.

La vicina di casa Annette Swift stava ricevendo le stesse istruzioni da Adam, l'intelligenza artificiale installata nel suo smartphone, che le disse: «Dovresti evitare di incontrare Konrad o farai tardi al lavoro».

«Lo so, lo so, non ho alcun interesse a incontrarlo.»

«Eppure quando lo vedi le tue pulsazioni aumentano notevolmente.»

«Uffa, non ti si può mentire! Va bene! È carino, sei contento?»

«Non fa alcuna differenza per me, io mi occupo solo del tuo benessere. Lasciami controllare le telecamere del condominio e verificare i sensori sonori. Nessuna vibrazione sulle pareti della camera da letto di Konrad, dunque dovrebbe trovarsi nell'ingresso del suo appartamento. Secondo le mie stime potrai uscire di casa tra un minuto e ventidue secondi. Mi raccomando, recati all'uscita nord del garage.»

Al contrario del suo vicino di casa, Annette era una tipa molto spigliata; nella comunicazione con gli altri se la cavava bene, inoltre era ordinatissima e spesso, ancora prima che l'intelligenza artificiale le suggerisse di mettere a posto un oggetto, lei vi aveva già provveduto.

Dopo poco Konrad uscì di casa e lo stesso fece Annette. Percorsero le scale a pochi secondi di distanza l'uno dall'altra, poi raggiunsero le rispettive automobili e uscirono dal garage con un sincronismo perfetto, ma da due uscite separate.

Konrad era al volante della sua auto quando ricevette una telefonata da parte della madre, ma Eva gli consigliò di non rispondere perché era stata avvertita dall'intelligenza artificiale installata nel telefono della donna che il suo umore era pessimo.

«Non dovresti rispondere a tua madre.»

«Perché?»

«È appena tornata a casa e ha trovato un tubo dell'acqua rotto. Le sue pulsazioni sono accelerate ed è in uno stato di forte agitazione, inoltre l'emozione che sta provando è quella della rabbia. Se ti racconterà quanto le è accaduto si calmerà, ma nello stesso tempo trasferirà parte del suo malessere su di te e ti ricordo che oggi hai un'importante riunione di lavoro. Devi rimanere concentrato se vuoi ottenere un avanzamento di carriera.»

Konrad d'impulso prese in mano lo smartphone per rispondere alla madre, ma dopo aver esitato tenendo sospeso il pollice in aria per qualche secondo, abbassò la suoneria.

"La chiamerò più tardi" pensò mentre parcheggiava l'auto davanti all'edificio della casa discografica.

In quel momento anche Annette aveva raggiunto la sua destinazione. Durante il tragitto in auto aveva pensato in continuazione a Konrad e certamente se non fosse stato per l'intelligenza artificiale avrebbe già trovato il modo di organizzare un appuntamento con lui, tuttavia concluse: "È un uomo attraente, mi piace il fatto che abbiamo lo stesso colore di capelli, così come quello degli occhi, inoltre ha dei bei lineamenti, ma l'intelligenza artificiale ha ragione, in questo momento una relazione con qualcuno sarebbe deleteria per la mia carriera".

Da anni Annette faceva la speaker in un programma radiofonico e guadagnava bene, anche se il suo sogno era quello di poter condurre una trasmissione senza doverla necessariamente dividere con altri colleghi. Ciò non solo le avrebbe dato la possibilità di aumentare il salario mensile, ma anche di entrare a far parte del gruppo dirigenziale della radio.

2

Mentre Annette era in attesa di ritirare il caffè dal distributore automatico, la voce di Adam risuonò nell'auricolare: «Tra settantanove secondi arriverà James».

«Chi?»

«James, il tecnico del suono che lavora al secondo piano e non penso tu voglia parlargli anche perché come sempre ti annoierà con i suoi discorsi. Probabilmente ti racconterà qualche episodio del fratello che fa il medico, poi cercherà di mostrarsi gentile per portarti a cena e...»

«Sì, sì, lo so come andrà a finire! Grazie Adam per avermi avvertita, oggi devo rimanere concentrata e non posso distrarmi perché c'è aria di promozione. Un avanzamento di carriera è proprio quello che mi serve.»

Estrasse il bicchiere dal distributore automatico e uscì dalla stanza nello stesso momento in cui entrava James.

Percorse le scale e Adam ancora una volta le diede un consiglio. «Tua zia Polly è appena entrata in ospedale per quel piccolo intervento, ma è una cosa da poco. Le probabilità che rischi la vita per la rimozione di un neo sono una su 967.502. Potresti telefonarle questa sera per sapere come è andata, ora c'è Howard che sta per prendere l'ascensore.»

«Certamente la chiamerò questa sera... aspetta un attimo! Howard, il capo di questa e altre dieci emittenti è qui? Non mi dire che l'hai fatto di nuovo!»

«Non ho resistito.»

«Quante volte devo dirti che non puoi collegarti alla centralina delle telecamere di questo posto? Va bene se lo fai nel mio condominio, tanto nessuno se ne accorge, ma qui è rischioso!»

«Ti chiedo scusa, ma ho il compito di pensare al tuo benessere. Hai ventiquattro secondi per farti trovare nella hall.»

Annette lanciò il bicchiere con il caffè in un cestino, si tolse le scarpe con il tacco e cominciò a correre per il corridoio arrivando davanti agli ascensori proprio nel momento in cui Howard spuntava da dietro un angolo.

«Annette, come sta questa mattina?»

«Ehm… benissimo grazie» rispose lei che aveva fatto appena in tempo a rinfilarsi le scarpe, poi, ben sapendo quanto il suo capo gradisse le persone positive e briose, aggiunse: «Oggi è una giornata stupenda, anche se vado un po' di fretta. Mi auguro che anche a lei vada tutto splendidamente».

I due entrarono in ascensore seguiti dai due segretari di Howard e subito calò un imbarazzante silenzio.

«Digli che nel fine settimana sei andata a giocare a golf e che mentre guardavi il cielo blu ti è venuto in mente uno slogan per la nuova trasmissione» suggerì Adam nell'auricolare.

«Sei pazzo!» sussurrò lei «non so nemmeno come sia fatto un campo da golf!»

«Ha detto qualcosa Annette?» chiese Howard.

«Io? Beh… stavo pensando a voce alta. Lo scorso fine settimana mi trovavo sul campo da golf e…»

«Oh che combinazione! Io ci gioco tutte le domeniche e lo adoro! Posso chiederle qual è la sua marca preferita di abbigliamento per il golf?»

Lei non sapeva cosa rispondere ed era in attesa di ricevere un suggerimento da parte di Adam, ma dall'auricolare non proveniva alcuna voce. Ancora una volta un imbarazzante silenzio calò nell'ascensore. Annette simulò di avere un attacco di tosse e cercò di sollecitare una risposta da parte dell'intelligenza artificiale.

«Cough… cough… Adam… cough.»

Finalmente ricevette il suggerimento tanto atteso: «Scusa il ritardo, ma avevo bisogno di incrociare qualche dato. La risposta è: Whiltorson!».

«Si sente bene Annette? Ha bisogno di un bicchiere d'acqua?»

«No, grazie, è solo la mia terribile allergia, comunque la marca che preferisco è Whiltorson.»

«Incredibile! Anche la mia!» rispose Howard.

«Come stavo dicendo, mentre mi trovavo sul campo e guardavo il cielo blu mi è venuto in mente uno slogan per la nuova trasmissione.»

«Sebbene io usi lo sport come distrazione dagli impegni lavorativi, ammiro chi viene folgorato da intuizioni geniali nei momenti inaspettati. Avremo modo di parlare del suo slogan.»

Rivolgendosi a uno dei segretari, disse: «Aggiunga un posto per la signorina Swift al brunch di oggi».

Le porte dell'ascensore si aprirono e Howard uscì con al seguito il suo staff. Annette si strinse forte il petto come se volesse contenere la felicità, poi si tappò la bocca per soffocare un urlo che comunque fu avvertito nel corridoio. Howard lo udì e si fermò sul posto tendendo l'orecchio. "Era un grido di una donna o il sensore dell'antincendio?" si chiese. Porse ai suoi segretari il cappotto ricevendo in cambio il giornale e una tazza di caffè, poi disse: «Chiamate i tecnici e fate controllare l'antincendio!».

Nel frattempo Annette aveva raggiunto il piano dove doveva scendere e ringraziò mille volte Adam per avergli dato l'opportunità di fare colpo su Howard.

«Sei insostituibile Adam! In effetti avevo messo a punto lo slogan, ma trovare un nesso con il golf è stato geniale! Se fossi un essere umano forse mi innamorerei di te» mormorò lei mostrandosi riconoscente per gli ottimi suggerimenti ricevuti dall'intelligenza artificiale.

«Non funzionerebbe mai tra noi due perché sono stato progettato per servirti e le possibilità che...»

«Va bene, va bene, basta statistiche per oggi.»

Annette entrò nella sala di registrazione dove a breve avrebbe dovuto intervistare un famoso cantante. Dopo poco la sua voce briosa raggiunse migliaia di apparecchi radio tra i quali quello di Konrad che aveva sostituito l'auricolare del suo smartphone con un altro proprio per ascoltare Annette. Tutti i giorni si sintonizzava su quella frequenza e si immaginava di abbracciare la sua vicina di casa e di sussurrargli all'orecchio parole dolci.

Mentre se ne stava con lo sguardo da pesce lesso perso nel vuoto si sentì chiamare dal suo capo. «Signor Freesherman, posso chiederle cosa sta facendo?»

«Ah, sì! Signor Saddler, io stavo, stavo...»

In quel momento dalla stampante di Konrad uscì un foglio che venne immediatamente afferrato dal suo capo.

«Il report di domani. Come mai lo ha stampato oggi?»

«Cerco di portarmi avanti con il lavoro signor Saddler, spero questo non costituisca un problema.»

«L'efficienza non è mai un problema, nulla accade per caso e tu hai la capacità di stupirmi sempre Konrad. Tieniti libero nel fine settimana, uscirai in barca con me e altri membri del consiglio di amministrazione, stavamo pensando a un tuo possibile avanzamento di carriera.» Dopo aver fatto una pausa aggiunse con tono sarcastico: «A meno che tu non abbia già altri impegni. Accetti il mio invito?».

Konrad spalancò la bocca e non riuscì a rispondere. Si limitò a deglutire e ad afferrare l'auricolare del suo smartphone dal quale provenne la voce di Eva.

«Devi rispondere di sì, altrimenti farai la figura del babbeo!»

«Sì, accetto.»

«Ne ero sicuro Konrad, vestiti comodo» rispose il suo capo un momento prima di allontanarsi.

«Devi tenere l'auricolare all'orecchio Konrad! Ti ho salvato per un pelo.»

«Grazie Eva, l'idea del report è stata davvero geniale, l'hai stampato appena in tempo. Sei insostituibile!»

«Va bene, ora vai al bagno.»

«Ma che dici, non devo fare pipì.»

«Fidati, ma fa presto perché hai solo dodici secondi per arrivare lì.»

«Va bene» rispose lui mandando un bacio alla radio per salutare la voce di Annette.

Durante la corsa verso il bagno urtò una collega e decine di fogli volarono in aria.

«Scusa! Stai bene?» disse lui cercando di raccogliere qualche foglio dal pavimento.

«Konrad, mancano cinque secondi» gli ricordò Eva.

La collega si trovava a terra e stava cercando di rimettersi in piedi.

«Ti porto un caffè più tardi ok? Scusami ma devo andare» disse alla donna riprendendo a correre verso il bagno dove arrivò poco dopo trovandosi di fronte il capo del personale.

«Konrad! Mi ha detto Saddler che uscirai con noi in barca. Sei anche tu un appassionato di vela?»

«Sì, amo il mare e sarà un piacere trascorrere del tempo con voi.»

«Digli che quando sei in barca ti piace ascoltare le canzoni anni '60» suggerì Eva. Egli senza esitare ripeté le sue parole.

«Che coincidenza, io adoro la musica di quegli anni!»

Eva suggerì ancora: «Non solo la melodia era orecchiabile, ma ogni canzone conduceva per mano l'ascoltatore verso la scoperta di una storia con un senso, ogni testo era unico e mandava sempre un messaggio profondo».

Lasciandosi guidare, Konrad ripeté quelle parole.

«Mi hai letto nel pensiero! Sei davvero bravo Konrad» rispose il capo del personale, aggiungendo: «Non vedo l'ora di trascorrere del tempo con te».

Konrad rimase a guardare l'altro mentre usciva dal bagno.

«Eva, come facevi a sapere che il capo del personale avrebbe usato il bagno? Come fai a conoscere i suoi gusti musicali?»

«Semplice! Tramite la webcam del computer dei tuoi colleghi mi sono resa conto che il capo del personale stava andando al bagno e ho pensato fosse una buona occasione per te. Inoltre, grazie al tuo auricolare riesco a captare le vibrazioni sonore, anche quelle che sono troppo basse per essere percepite dall'orecchio umano. Quando sei arrivato qui ho captato le vibrazioni del suo auricolare e sono riuscita a trovare il titolo della canzone che stava ascoltando e il resto è stato facile.»

«Sei insostituibile Eva! Grazie al tuo aiuto riesco sempre a risolvere ogni problema, inoltre senza i tuoi consigli il mio appartamento sarebbe una stalla.»

Vediamo ora come aveva trascorso la giornata Annette. Nella sede della radio aveva avuto il brunch con Howard con il quale, aiutata da Adam, si era soffermata a parlare di golf. Al termine del loro incontro aveva condiviso lo slogan creato per la nuova trasmissione e il suo capo si era rivelato entusiasta. In quell'occasione le aveva detto che presto avrebbe ricevuto una comunicazione da parte del consiglio di amministrazione con cui sarebbe stata ufficialmente promossa.

Annette era riuscita a malapena a nascondere la sua felicità. Salutato il capo era andata in macchina dove aveva acceso lo stereo e cantato a squarciagola.

Quel giorno anche Konrad era al settimo cielo e volendo condividere la sua gioia, decise di chiamare il fratello.

«Nick! Come stai fratellone? Non puoi capire cosa mi è successo! Sono stato invitato dai miei capi a uscire in barca!»

«Che piacere sentirti! Sono contento, vedrai che per te presto si apriranno le porte della dirigenza, farai una carriera strepitosa. Ricordati di passare in tintoria a ritirare il vestito.»

«Quale vestito?»

«Ti sei rincitrullito? Mi sposerò questo fine settimana, te ne sei dimenticato?»

«No, certo… come potrei dimenticarmene?»

«Ti va sempre di scherzare fratellone, ora devo andare a scegliere gli addobbi floreali per la cerimonia, poi ci sentiamo con calma così mi racconti dell'uscita in barca.»

La conversazione si interruppe e Konrad rimase perplesso. Il matrimonio si sarebbe svolto proprio nello stesso giorno in cui era stata fissata la gita in barca con i membri del consiglio di amministrazione. Sulle prime pensò a quali scuse accampare per non partecipare a quell'evento così importante per la sua carriera, ma in un secondo momento cominciò a considerare anche l'idea di rinunciare al matrimonio del fratello.

3

Al termine della giornata, Konrad si trovava in garage e stava provando un misto di emozioni. Da una parte era felice per l'occasione unica di fare carriera, dall'altra temeva che se avesse partecipato al matrimonio del fratello avrebbe potuto perderla.

«Puoi scendere dall'auto tra ventidue secondi» gli ricordò Eva.

«Temi possa incontrare Annette?»

«Proprio così. Hai le pulsazioni accelerate, inoltre dai sensori non arrivano messaggi rassicuranti, sembri sotto stress e le probabilità che questa sera finirai davanti al frigorifero per abbuffarti di cose poco salutari sono altissime. Annette potrebbe renderti felice, ma vorrei invitarti a considerare le percentuali. Se oggi le parlerai e getterai le basi per approfondire una reciproca conoscenza, aggiungerai altra carne al fuoco. Direi che la gita in barca e il matrimonio di tuo fratello già ti stressano abbastanza.»

«Come fai a sapere del matrimonio?»

«Dimentichi che ho accesso al calendario del tuo telefono, inoltre posso ascoltare le tue conversazioni.»

«Va bene, forse hai ragione tu» disse lui uscendo dalla macchina. Percorse le scale e proprio quando Annette chiudeva la porta di casa, lui apriva la sua entrando nell'appartamento.

Lei si affrettò a chiamare la zia per sapere come fosse andato l'intervento per la rimozione del neo, ma fu informata dalla cugina che subito dopo l'operazione c'erano state delle complicazioni.

«Cosa intendi dire?» domandò Annette temendo il peggio.

«Zia ha avuto un arresto cardiaco e ci ha lasciati. Come sai soffriva da tempo di cuore e si aspettava una telefonata da parte tua prima dell'intervento.»

«Sì, lo so, volevo chiamarla, ma la mia intelligenza artificiale mi ha consigliato di dare la priorità al lavoro.»

«Va bene, tanto non sarebbe cambiato nulla. Prima di morire mi ha chiesto di darti un abbraccio da parte sua.»

Annette preferì non parlare, ma dentro si sentì stringere il cuore e si pentì di non aver telefonato alla zia quando ne aveva la possibilità. Quella sera pianse lacrime amare.

Il giorno seguente Konrad incontrò ancora una volta il suo capo che gli disse: «Tutto confermato per il fine settimana? Ci conto eh!».

Come tutta risposta egli accennò un sorriso e annuì, ma

non appena rimase da solo consultò Eva per sapere come si sarebbe dovuto comportare. «Da una parte c'è il matrimonio di mio fratello che non vorrei perdere per nulla al mondo, dall'altra mi aspetta un'occasione irripetibile come quella della promozione grazie alla quale potrò migliorare il mio tenore di vita. Cosa mi consigli?»

«La decisione spetta a te, tuttavia devo avvertirti che se non andrai in barca le probabilità di ricevere una promozione scenderanno drasticamente. Sono sicura che tuo fratello, se davvero ti vuole bene, comprenderà quanto hai bisogno di un avanzamento di carriera. Potrete comunque festeggiare insieme la settimana successiva al suo matrimonio.»

Konrad ci pensò a lungo e decise di ascoltare il consiglio di Eva, quindi quel fine settimana andò in barca con il suo capo dando così un dispiacere enorme a suo fratello.

Dopo qualche tempo l'intelligenza artificiale suggerì a Konrad di incontrare Annette perché, considerati tutti i fattori e fatte le dovute statistiche, reputò che fosse arrivato il momento per compiere il grande passo. Fu così che i due si trovarono sul pianerottolo di casa e non appena si videro i loro cuori sussultarono. Eva e Adam consigliarono loro cosa dire e come comportarsi.

I due Andarono a cena fuori e in un primo momento non rimossero gli auricolari perché erano talmente abituati a ricevere consigli dall'intelligenza artificiale da dipendere da essa in tutto e per tutto. Quando fu servito il dolce entrambi tolsero gli auricolari, ma com'era prevedibile, senza i suggerimenti dei loro assistenti virtuali non seppero cosa dire e rimasero in silenzio.

Decisero quindi di indossare nuovamente gli auricolari e guidati in continuazione da Adam ed Eva passarono una discreta serata che si concluse a casa di lui dove, anche nei momenti più intimi, le voci negli auricolari suggerivano a entrambi come muoversi o cosa fare.

Il tempo passò e Konrad interruppe ogni rapporto con suo fratello, mentre Annette ogni tanto ancora veniva tormentata dal rimorso di non aver potuto salutare la zia per l'ultima volta prima che morisse. La coppia decise di sincronizzare le rispettive intelligenze artificiali al fine di ricevere suggerimenti più accurati basati sull'analisi dello stato emozionale dell'altro, nonché sulla valutazione di vari fattori psicologici.

Il progresso tecnologico andò avanti in un mondo sempre più dipendente dall'intelligenza artificiale che rese il pensiero degli esseri umani simile a quello di una fredda macchina calcolatrice: a prima vista la vita di ognuno appariva come quella dei VIP che popolavano le copertine dei rotocalchi, ma in realtà le persone stavano perdendo la loro identità che, seppur imperfetta, un tempo li rendeva unici.

4

Vediamo ora cosa sarebbe potuto accadere a Konrad e Annette se l'intelligenza artificiale non fosse stata inventata.

Konrad se ne stava nel suo appartamento che somigliava alla tana di un orso in letargo. Il divano era coperto di vestiti, così come il tavolo della cucina che a prima vista poteva facilmente essere scambiato per una cabina armadio. Se da quelle parti fosse passato un uragano forse sarebbe riuscito, paradossalmente, a mettere un po' d'ordine. "Nel mio caos ci sto bene" pensò Konrad mentre rimuoveva una tazza sporca dal lavello per sciacquarla e poterla utilizzare per fare colazione. Dall'altra parte della parete invece si trovava Annette che stava consumando il suo pasto mattutino in una cucina pulitissima e ordinata. Non appena ebbe finito di sorseggiare il caffè ripose la tazzina nella lavastoviglie, poi spostò leggermente gli strofinacci che pendevano dalla maniglia del forno per allinearli alla perfezione e infine andò a vestirsi.

Uscì sul pianerottolo di casa facendo finta di cercare qualcosa nella borsa per prendere tempo e sperare di incontrare il vicino che infatti non si fece attendere.

«Buongiorno Konrad!»

«Buongiorno Annette» rispose lui mantenendo tra i denti il portafoglio dal quale penzolava una catenella con all'estremità la chiave di casa.

«Oggi pioverà» aggiunse lei.

Konrad stava ancora cercando di chiudere la porta e tentò di rispondere, ma dalla bocca uscirono parole incomprensibili per via del portafoglio.

«Forse riuscirai a spiegarti meglio se togliessi il…»

«Cosa?» riuscì a dire lui mentre si faceva sfuggire dalle mani una cartellina piena di documenti che volarono ovunque.

«Dicevo, se liberassi la bocca potremmo almeno salutarci.»

«Ah, sì, scusa» rispose lui rimuovendo il portafoglio e cominciando a raccogliere i documenti da terra. Annette si abbassò per aiutarlo e non volendo sfiorò le sue dita; subito i cuori di entrambi batterono forte e nel silenzio di quel momento magico dove l'amore stava proprio per sorgere come farebbe il sole al mattino, non servirono le parole piuttosto furono i sospiri a riempire l'aria.

Scesero insieme le scale e si salutarono con uno sguardo pieno di sentimento. Chiaramente Konrad era in ritardo e durante il tragitto verso l'ufficio dovette fare i conti con la pioggia e con i tergicristalli che da due mesi si era ripromesso di far riparare, quando a un certo punto, proprio per la bassa visibilità, urtò il paraurti di una macchina di fronte a lui. Fortunatamente nessuno si fece male, ma per scambiare i dati con l'occupante del veicolo che aveva tamponato, Konrad si bagnò dalla testa ai piedi. Di lì a poco ripartì verso la sua destinazione e ricevette una telefonata da parte della madre che in preda alla rabbia gli raccontò di aver avuto problemi con un tubo dell'acqua. Lui cercò di tranquillizzarla, ma subito fu pervaso da un profondo malumore e da un senso di agitazione, come se la madre fosse riuscita a trasmetterglielo.

Annette invece si trovava sul posto di lavoro ed era in attesa di ritirare il caffè dal distributore automatico, quando il suo collega James le si rivolse cominciando a parlare di cose poco interessanti come quelle riguardanti il fratello impiegato in ospedale, inoltre le disse: «Sarebbe fantastico se una sera uscissimo a cena insieme, così potrei raccontarti qualche aneddoto riguardante mia cognata. Sai, anche lei lavora in ospedale».

«Va bene James, ora devo andare, ma ci vediamo in giro» rispose lei alzando gli occhi al cielo e lasciando la stanza. Mentre si dirigeva verso l'ascensore si ricordò di chiamare sua zia Polly.

«Zia, come stai? Oggi è il grande giorno!»

«Tesoro te ne sei ricordata! Come sono felice di sentire la tua voce. Sì, mi rimuoveranno il neo, comunque si tratta di una cosa da poco.»

«Volevo solo salutarti prima di iniziare a lavorare.»

«Sei la mia nipote preferita, sempre attenta e scrupolosa, poi ti ascolto spesso in radio e mi sembra di averti qui con me. Ti voglio bene.»

«Anche io ti voglio bene zia, ti abbraccio.»

L'ascensore fece una fermata intermedia e Annette non la prese bene. "Uffa! Chi lo ha prenotato? Ora salirà un altro collega e bisognerà riempire il silenzio con discorsi vuoti. Vorrà dire che userò la classica frase di circostanza: che tempaccio oggi eh!"

Inaspettatamente Howard, il suo capo, entrò in ascensore seguito da due segretari.

«Buongiorno signorina Swift.»

«Buongiorno» rispose lei con una punta di imbarazzo.

«Ho dimenticato il portafoglio in macchina e sto tornando indietro a prenderlo. Di solito non la incontro la mattina, come mai?»

«Arrivo sempre prima di lei, ma mi fermo ogni giorno ai distributori automatici per prendere un caffè, altrimenti non carburo.»

«Ah, ecco perché in radio ha sempre una voce così squillante. Ora conosco il suo segreto» rispose lui strizzando l'occhio.

Annette accennò un sorriso, ma continuava a sentirsi in imbarazzo.

«Parlando d'altro signorina Swift, mi tolga una curiosità: gioca a golf?»

«Veramente no, non ho la minima idea di quali regole abbia, però mi piacerebbe imparare.»

«Finalmente una persona sincera. Apprezzo chi parla in modo schietto! Qui tutti fanno finta di amare il golf perché vogliono compiacermi.»

«Grazie, ehm… ieri non ho giocato a golf, ma ho

creato uno slogan per la nuova trasmissione.»

«Lavora anche da casa? Mi stupisce sempre.»

Rivolgendosi a uno dei segretari disse: «Aggiunga un posto per la signorina Swift al brunch di oggi».

Le porte dell'ascensore si aprirono e Howard uscì seguito dal suo staff. Annette si tappò la bocca per cercare di trattenere il grido di gioia che comunque rimbombò nel corridoio.

Nello stesso momento Konrad si trovava sul posto di lavoro e visto che era bagnato dalla testa ai piedi, si stava asciugando i calzini con il getto d'aria calda del bagno. Non appena ebbe finito raggiunse la sua postazione e accese la radio per ascoltare Annette.

Immediatamente la voce del capo irruppe nell'aria come fosse un fulmine a ciel sereno: «Konrad Freesherman, posso chiederle cosa sta facendo?».

«Ah, sì! Signor Saddler, io stavo… stavo…»

«Ha preparato il report?»

«In verità ancora no, ma lo farò tra dieci minuti. Sarò sincerò con lei. La mia vicina lavora in radio e tutte le mattine ascolto la sua voce.»

«È innamorato di lei?» chiese l'altro senza mezzi termini.

«Sì!» rispose di getto Konrad, ma rendendosi conto di aver dato una risposta affrettata si morse il labbro e provò a correggere il tiro dicendo: «Ciò non mi distrae certamente dal lavoro».

«Non si preoccupi, ho capito benissimo. Piuttosto, dovrebbe farsi distrarre dall'amore perché è un sentimento bellissimo. Come sa mia moglie è venuta a mancare qualche anno fa e anche lei lavorava in radio. Pensi che coincidenza! Passavo le ore in compagnia della sua voce e la mia produttività lavorativa anziché diminuire aumentava. Il mio zelo fu notato dai capi ed è proprio così che cominciai la carriera. Tornando a noi, si tolga dalla faccia quello sguardo da pesce lesso, ascolti la radio e nel frattempo produca qualcosa di buono per la nostra azienda. Vedo del talento in lei, dovrebbe solo riuscire a organizzare meglio il suo tempo.»

«Grazie signore.»

«Comunque ero passato per invitarla a uscire in barca nel fine settimana con me e altri membri del consiglio di amministrazione, vorremmo in via informale parlarle di un suo possibile avanzamento di carriera.»

Konrad fu talmente sorpreso da quanto aveva appena udito da rimanere senza parole.

«Prendo il suo silenzio come un sì, ci vediamo presto» disse il capo allontanandosi verso il corridoio.

Quella mattina Annette ebbe il brunch con Howard con il quale condivise lo slogan per la nuova trasmissione e lui si rivelò talmente entusiasta da dirle che presto il consiglio di amministrazione avrebbe firmato la delibera per farla avanzare di livello.

Konrad nel frattempo aveva sentito al telefono il fratello, il quale gli aveva ricordato del suo matrimonio che si sarebbe svolto quel fine settimana ovvero proprio quando era stata fissata l'uscita in barca con i membri del consiglio di amministrazione della casa discografica.

5

Quella stessa sera Annette apprese dalla cugina la notizia della morte della zia Polly. La nipote in preda al dolore si chiuse nel suo appartamento, ma fu consolata dal fatto di aver parlato al telefono un'ultima volta con la zia prima che morisse.

Il giorno seguente Konrad incontrò nuovamente il suo capo al quale disse di non poter partecipare alla gita in barca per via del matrimonio del fratello. Si aspettava di aver deluso il Signor Saddler e invece egli si mostrò comprensivo dicendo: «La famiglia prima degli affari. A me interessa quanto vali e molto meno se sei un buon marinaio che partecipa a un'uscita in barca solo per compiacere i suoi capi. Otterrai comunque la promozione».

Konrad lo ringraziò e non appena tornato a casa si mise di buona lena a mettere in ordine l'appartamento. Gli ci volle molto tempo per rimuovere i vestiti dal tavolo della cucina e tutte le altre cose lasciate qua e là, poi indossò il suo abito migliore e si piazzò davanti la porta dell'appartamento di Annette, rimanendo a pensare a cosa avrebbe potuto dirle.

"Sono sempre stato attratto da te. No, come inizio è pessimo. Devo rompere il ghiaccio con qualcosa di più creativo come: passavo per caso di qua e… no, nemmeno questo va bene. Abbiamo in comune lo stesso pianerottolo, è ovvio che io passi spesso da queste parti!"

Dopo un po' esclamò: «Ah, ho trovato!».

Tirò fuori dalla tasca la carta di un cioccolatino e lesse quanto riportato su di essa: «Non c'è razionalità nel destino che invece è una sorpresa continua».

In quel momento Annette aprì la porta.

«Konrad, cosa ci fai qui?»

«Ecco… non c'è destino nella sorpresa, piuttosto è razionale! Mi sa che mi sono incasinato» rispose lui mostrandole la carta del cioccolatino.

«Vieni qui scemo!» esclamò lei tirandolo a sé e baciandolo appassionatamente. Andarono a cena insieme e passarono una splendida serata parlando senza veli delle rispettive esperienze di vita, mostrando limpidamente le reciproche personalità piene di pregi e difetti. Annette era attratta dal modo impacciato con cui Konrad si relazionava a lei e disse: «Viviamo in un mondo dove tutti sognano di raggiungere la perfezione e a volte ci si dimentica del fascino racchiuso nelle cose che non sono perfette».

Lui le strinse la mano lanciandole uno sguardo talmente profondo da far impallidire quello dei più celebri innamorati protagonisti delle storie dell'amor cortese. Tirò fuori dalla tasca un biglietto con impressa sulla copertina una foto in bianco e nero di un bambino che porge una rosa a una bambina.

«La tua dolcezza mi ha conquistata» disse lei sorridendo amabilmente e compiacendosi delle belle parole d'amore che Konrad aveva scritto nel biglietto.

Conclusero la serata a casa di lui dove passarono il loro momento intimo senza ricevere suggerimenti da alcuna intelligenza artificiale, ma in modo spontaneo ed entrambi ne furono appagati.

Quel fine settimana andarono insieme al matrimonio del fratello di Konrad e Annette fu presentata alla famiglia di lui.

Il tempo passò e i due innamorati cominciarono a pensare di avere dei figli.

La loro vita non era perfetta, ma allo stesso tempo non dipendeva da alcuna statistica o calcolo matematico.

Il commettere degli errori, il cadere e poi trovare la forza di rialzarsi è una cosa naturale che una macchina, seppur artificialmente "intelligente", non potrà mai comprendere: la bellezza della vita è racchiusa proprio nella sua imprevedibilità e nel suo essere imperfetta.

Gli inganni del mondo

1

Cassandra se ne stava nel suo appartamento con indosso un respiratore per filtrare l'aria. L'orologio scandiva il tempo diffondendo il suo ticchettio in quella fatiscente abitazione di periferia arredata con mobili di seconda mano, riparati alla meglio qua e là con del nastro adesivo. I cassetti del comò erano aperti, così come quelli della cucina e non potevano essere in nessun modo richiusi perché irrimediabilmente deformati. Perfino la carta da parati aveva smesso da tempo di lottare con la forza di gravità e, ormai scollatasi dalla parete, stava puntando verso il basso scendendo ogni giorno di più.

Nonostante Cassandra badasse poco alla cura del corpo, era davvero una donna attraente. I capelli rossi ricci, mai in ordine, sembravano ben accordarsi con la sua personalità ribelle. Gli occhi celesti avevano le tonalità intense dell'acqua di un lago di montagna e brillavano sul suo volto caratterizzato da carnose labbra vermiglie.

Si tolse il respiratore, pensando: "Beati i ricchi che possono permettersi di respirare aria pulita, io invece guadagno una miseria e non riesco a far fronte a tutte le spese, senza contare che i prezzi dell'aria sono arrivati alle stelle".

Guardò nervosamente l'orologio, poi andò verso il frigorifero per prendere una confezione di latte che fino a quel momento aveva fatto compagnia solo a due cipolle e a qualche uovo. Sconsolata scosse la testa pensando a come la vita fosse ingiusta. "I ricchi possono permettersi di mangiare le cose migliori. Loro sì che vivono bene, mentre io devo passare l'esistenza in questa topaia, chissà se un giorno riuscirò a portare mia figlia nella città di Aether e a darle un futuro migliore."

La figlia si chiamava Adele, frequentava le scuole elementari ed era una bambina dai grandi occhi celesti e dallo sguardo sempre allegro. Talvolta era lei a fare coraggio alla madre promettendole che un giorno l'avrebbe portata a vivere ad Aether dove si poteva respirare aria pura. Cassandra ringraziava la figlia facendo finta di credere a quanto diceva, ma in realtà sapeva benissimo che Aether era un posto a cui solo i ricchi potevano accedere. Si trattava di una città coperta da una cupola trasparente che consentiva all'aria pulita di rimanere all'interno. Due grossi generatori producevano ogni giorno abbastanza ossigeno per i suoi abitanti che avevano la pelle liscia e sembravano godere di un'ottima salute. Era un luogo esclusivo dove tutti possedevano una casa di proprietà con piscina e campo da tennis. Lì la vita scorreva lieta, mentre nel resto del mondo la situazione era ben diversa.

L'inquinamento aveva devastato il pianeta, i pochi alberi rimasti non erano in grado di produrre ossigeno a sufficienza per tutti gli esseri viventi. Numerosi generatori di scarsa qualità producevano un'aria appena respirabile che diveniva migliore, sebbene non del tutto salutare, se filtrata per mezzo dei respiratori. Al mondo esistevano solo duecento città come Aether, costruite dopo il "grande disastro", così chiamato in gergo dagli abitanti del pianeta. Si trattava del momento in cui perfino gli alberi si erano seccati e l'inquinamento aveva raggiunto il suo picco. Da allora la vita di tutti era cambiata e ognuno era stato costretto a indossare una maschera per uscire di casa e svolgere le normali attività quotidiane. Quando poi i livelli di tossicità dell'aria toccavano il loro apice, bisognava usare la maschera anche all'interno delle abitazioni.

I poveri erano molti mentre i ricchi pochi e ciò da subito aveva creato delle tensioni che erano sfociate in un tentativo di rivoluzione. Centinaia di persone con i propri cari al seguito si erano presentate davanti alle città coperte dalle cupole per rivendicare il loro diritto di respirare aria pulita. Dato che non c'era abbastanza spazio per tutti, vennero respinte. Il giorno successivo erano tornate ben armate e decise a entrare con la forza, ma ad attenderle avevano trovato decine di torrette laser che le avevano costrette a ritirarsi. Ogni città dall'aria pulita era ben protetta da uomini in divisa il cui compito era proprio quello di non far entrare nessuno che non fosse munito di un regolare passaporto.

Nelle zone inquinate c'erano grandi generatori di corrente nei quali lavoravano centinaia di uomini e donne che, servendosi della sola forza fisica, avevano il compito di far ruotare delle immense turbine per produrre elettricità. In quel modo i grandi generatori d'aria svolgevano il loro lavoro.

Nessuno poteva allontanarsi dalle zone inquinate perché, come spesso il governo aveva ribadito tramite i suoi comunicati, le radiazioni presenti sul pianeta avevano reso ogni altro luogo non adatto ad ospitare la vita.

Cassandra scaldò il latte per la figlia e mise una croce sul calendario che in cima recava l'indicazione dell'anno: 2070. Doveva ricordarsi di pagare la bolletta dell'aria altrimenti l'avrebbero multata. Tutti i cittadini erano obbligati a versare un contributo mensile per garantirsi il diritto di respirare e se fossero stati inadempienti per un certo periodo, la polizia li avrebbe condotti in carcere.

«Buongiorno mamma!» esclamò Adele presentandosi in cucina.

«Buongiorno topolina! Come stai oggi?»

«Ottimamente, anche se non mi va molto di bere il latte sintetico, piuttosto preferirei quello naturale.»

«Vorrei accontentarti piccola mia ma quello lo hanno solo ad Aether, così come tante altre cose come la verdura, la frutta e la vera carne. Per noi comuni mortali c'è solo il cibo sintetico» rispose lei sospirando.

«Mamma, prima o poi ti porterò in quella città e vivremo senza maschera, giocheremo tutto il giorno e avremo la pelle liscia come i ricchi.»

«Di questo non ne sono sicura.»

Visibilmente delusa Adele lanciò alla madre uno sguardo severo per farle capire di dover essere ottimista.

«Dicevo, topolina: ne sono certa!»

La figlia si compiacque nel constatare che la madre si fidava di lei. Dal canto suo Cassandra sapeva benissimo che non avrebbero mai lasciato quell'appartamento.

Si vestirono e uscirono per dirigersi a piedi verso la scuola. Le persone intorno a loro indossavano per lo più abiti consumati e respiratori scadenti. La pelle di chi viveva in quel quartiere non era liscia, ma disseminata di piccole escoriazioni dovute alla scarsità di ossigeno e alla carenza di raggi solari oscurati dal fumo nero delle industrie che tutto copriva con le sue scure volute.

Una volta lasciata Adele a scuola, la mamma raggiunse in metropolitana l'azienda per la quale faceva le pulizie. Quell'impiego non le rendeva molti soldi, ma almeno le consentiva di comprare il cibo sintetico e di pagare le bollette dell'aria. In passato aveva provato anche a svolgere lavori più redditizi, ma non appena era riuscita a guadagnare di più, le bollette dell'aria erano proporzionalmente aumentate. Nessuno sapeva come venisse calcolato l'importo da pagare, ma Cassandra si era accorta che qualsiasi lavoro svolgesse, anche quello più remunerativo, non le consentiva di far salire il conto in banca che rimaneva sempre in rosso.

Quel giorno lavorò molto e a fine turno cominciò ad avvertire un forte mal di testa, poi un sibilo le riempì le orecchie: il respiratore si era guastato. Chiese aiuto ai pochi impiegati rimasti in ufficio, ma chiaramente nessuno di loro si sarebbe potuto privare del respiratore per darlo a lei. Fu quindi costretta a rimuovere il suo, ma cominciò a tossire e proprio quando stava per soffocare, la sua amica d'infanzia e collega Silvia Salem le offrì un respiratore.

«Grazie!» esclamò Cassandra mentre tentava di rimettersi in piedi «Silvia, dove l'hai trovato questo respiratore?»

«Era di un amico che ho incontrato ieri sera.»

«Ci risiamo! Comunque sei insostituibile.»

Cassandra sapeva benissimo a quale amico Silvia si stesse riferendo. Si trattava di uno dei tanti clienti ai quali lei si concedeva pur di farsi pagare le bollette dell'aria e acquistare respiratori di qualità. Il mercato nero era molto fiorente, più che altro si trovavano oggetti di scarsa fattura, ma qualche volta chi aveva abbastanza soldi riusciva a procurarsi un respiratore decente.

Cassandra ringraziò l'amica per averle salvato la vita e lei l'abbracciò consigliandole di tenere da conto il respiratore che le aveva appena donato perché al momento non ne aveva altri. Le raccontò che con l'aiuto di un suo cliente stava cercando di procurarsi un passaporto contraffatto che le garantisse l'accesso nella città di Aether. Disse che un tipo chiamato "l'artigiano dei sogni" era in grado di darle quanto stava cercando. Si trattava di un criminale senza scrupoli che si nascondeva nel vecchio deposito di rottami della zona inquinata.

«Quindi c'è speranza?» chiese Cassandra «puoi procurarti due passaporti per me e mia figlia?»

«Sei pazza? A malapena riuscirò a trovarne uno per me. Lo sai cosa rischia chi viene beccato a comprare o a falsificare i passaporti?»

L'altra scosse la testa lasciando intendere di non sapere nulla su quell'argomento.

«Stai a sentire» disse Silvia mentre con uno straccio puliva una scrivania «la polizia di Aether uccide chi commercia in passaporti falsi incluse le persone che vengono trovate in possesso di un respiratore di qualità. Io rischio molto, così come chi mi sta aiutando, ma se riuscirò ad andarmene da qui, stai pur certa che troverò il modo di farti venire con me. Siamo amiche sin dall'infanzia, niente ci potrà mai separare.»

L'altra guardandola con riconoscenza avvertì un'incontenibile felicità e l'abbracciò con forza.

Silvia ricambiò affettuosamente, ma il suo gesto venne notato dal capo reparto che la invitò a non perdere tempo.

2

I mesi passarono e Silvia sparì dalla circolazione. Un giorno Cassandra ricevette una lettera che, sebbene recasse la firma dell'amica, non sembrava affatto scritta da lei.

"Cara Cassandra, ho ottenuto quanto ti avevo accennato e sono andata a vivere ad Aether dove ho sposato un cittadino acquisendo il diritto di usufruire di tutti i servizi all'avanguardia offerti dalla città. Qui gli ospedali sono dotati dei migliori macchinari mentre quelli della zona inquinata sono talmente malmessi che addirittura i pazienti muoiono durante le operazioni chirurgiche. Mi dispiace di non averti potuto portare con me. Forse l'artigiano dei sogni può aiutarti, si trova nel deposito di rottami della città inquinata, bussa cinque volte alla sua porta e verrai accolta. Ti voglio bene amica mia."

Cassandra venne colta da una profonda tristezza. "Come è potuta sparire così? Non è da lei" si disse mettendosi a piangere. Stava sperimentando le stesse sensazioni provate nel momento in cui suo marito l'aveva abbandonata lasciandola sola con Adele; da quel momento in poi tutto era peggiorato, perfino le già precarie condizioni economiche.

Un pomeriggio, mentre Adele stava tornando da scuola scivolò per le scale lesionandosi un tendine e danneggiando allo stesso tempo il respiratore. La mamma la portò immediatamente in ospedale, ma il medico di turno, un tipo grassoccio con il camice macchiato d'olio e maionese, fece un primo esame alla bambina dicendo che avrebbe avuto bisogno di un'operazione chirurgica. Aggiunse però che la sala operatoria sarebbe stata disponibile tra circa due mesi. Mentre parlava con un gesto della mano indicò una stanza con il pavimento sporco e le pareti piene di fori. Concluse dicendo che se si fosse liberato un posto prima di due mesi, si sarebbe fatto vivo.

Chiaramente Cassandra non poteva attendere tutto quel tempo, inoltre la figlia cominciava ad ansimare a causa del respiratore danneggiato, perciò prese un taxi e con la piccola si recò al checkpoint d'ingresso di Aether. Non aveva mai visto la città da così vicino e ne rimase incantata. La cupola trasparente lasciava intravedere alti edifici irradiati dalla luce del sole, i cui raggi erano convogliati all'interno per mezzo di un lungo tubo che fuoriusciva dalla sommità della cupola fino a raggiungere le nuvole e sparire tra di esse.

Le persone non indossavano i respiratori, tantomeno abiti sudici e davano l'impressione di essere davvero felici. Sembrava il mondo di una volta dove l'aria non si pagava e tutti potevano respirarla in ogni momento. I bambini giocavano per strada mentre i genitori stavano comodamente seduti sulle panchine a parlare tra di loro o a leggere il giornale.

Cassandra rimase un momento a osservare quel posto che pareva il paradiso terrestre e si domandò: "I ricchi ancora leggono i quotidiani? Strano! Come mai non usano i tablet? I giornali di carta non esistono più da anni. Mah, sicuramente si tratta di un vezzo".

Guardò con più attenzione e si accorse che alcune persone all'interno della cupola indossavano abiti ormai desueti, addirittura qualcuno di loro sembrava fumare le sigarette che chiaramente nel mondo inquinato erano sparite del tutto a causa della costante necessità di indossare i respiratori e della mancanza di aria pulita.

La guardia al checkpoint fermò Cassandra e la figlia compiendo un rapido gesto con la mano. «Favorite i passaporti per favore.»

«Non li abbiamo, ma si tratta di mia figlia. Ha bisogno di essere operata al tendine, per favore fate entrare solo lei, io aspetterò qui!»

«Non è possibile signora, la prego di tornare da dove è venuta o saremo costretti a usare la forza.»

«Ascolti! Ad Aether ho un'amica che si chiama Silvia, mi faccia parlare con lei, posso darle tutti i suoi dati e…»

La guardia non ci pensò su due volte e con una specie di pistola iniettò sia alla mamma che alla figlia un narcotico che le fece cadere in un sonno profondo.

Quando Cassandra riprese i sensi si trovava nel suo appartamento e Adele era distesa sul divano.

«Mamma! Ce ne hai messo di tempo per svegliarti.»

«Topolina!» riuscì appena a sussurrare, avvertendo un gran mal di testa.

Adele disse: «Mi sono svegliata poco fa, ho riparato alla meglio il respiratore, ma ho quasi finito gli antidolorifici per il tendine».

«Non temere, troveremo una soluzione, tu aspettami qui e non aprire a nessuno» rispose lei uscendo di gran fretta per recarsi al deposito di rottami della zona inquinata. Non le fu difficile individuare una porta malandata con i cardini arrugginiti. Bussò cinque volte, ma non accadde nulla, provò nuovamente e si aprì una piccola placca in metallo. Due occhi castani sbirciarono fuori e una voce profonda chiese: «Cosa vuoi?».

«Devo vedere l'artigiano dei sogni.»

«Non so di cosa parli, non lo conosco.»

«Va bene, allora andrò a dire alla polizia che vende passaporti falsi. La mia amica Silvia Salem dovrebbe averne comprato uno da lui.»

La placca si chiuse e la porta si spalancò. Dietro di essa si trovava un uomo con una mano mancante, i baffi arricciati alle estremità e lunghi capelli arruffati. Indossava una sorta di muta attillata che metteva in evidenza una pancia pronunciata e due gambe magre. Una grande cicatrice gli attraversava trasversalmente il volto e in generale il suo aspetto non era quello di una persona raccomandabile.

«Conosco Silvia e ti darò due minuti per dirmi cosa vuoi da me!» esclamò l'uomo lasciando intendere, in tal modo, di essere proprio l'artigiano dei sogni.

«Non sarei mai venuta in questa topaia se davvero non ne avessi avuto bisogno. Mia figlia deve essere operata e alla svelta, perciò mi servono due passaporti per entrare ad Aether. Si dice in giro che hanno macchinari talmente avanzati da rendere superfluo perfino l'uso del bisturi.»

«Tutto può essere fatto. Ogni cosa si può ottenere, basta pagare.»

«Quanto vuoi per i passaporti?»

«Considerando il rischio che corro e una volta coperti i costi di fabbricazione...»

«Non ho tempo! Finiamola qui! Puoi dirmi quanto vuoi?»

«Diciamo diecimila Dralir.»

«Diecimil... ma non li guadagno nemmeno in un anno!»

«Prendere o lasciare! Avrai due passaporti fatti talmente bene che nessuno riuscirà a distinguerli dagli originali.»

«Non so proprio dove trovare tutti quei soldi.»

«Mi dispiace, allora non se ne fa nulla.»

«Aspetta!» esclamò la donna bloccando la porta con il piede per evitare che venisse chiusa. «Ti firmerò una promessa di pagamento! Se accetterai ti darò anche il doppio! Non appena sarò ad Aether, Silvia mi aiuterà certamente.»

«Generalmente non faccio credito a nessuno, ma conosco bene Silvia, noi due eravamo, diciamo così, in intimità. Non serve firmare alcuna promessa di pagamento. Accetto, mandami per email i tuoi dati, quelli di tua figlia e aggiungi anche due foto dei vostri volti. Bada bene che l'indirizzo di posta elettronica sarà attivo dalle 23.55 a mezzanotte, se tarderai di un solo minuto per inviarmi quanto ti ho richiesto non otterrai i passaporti. Devo prendere le mie contromisure per non essere scoperto. Spero di essere stato chiaro.»

L'uomo passò sotto una specie di scanner portatile un biglietto da visita nero che però non recava alcun carattere impresso e lo consegnò alla donna che se ne andò alla svelta.

Cassandra tornò rapidamente a casa dove rimase a osservare il biglietto da visita per capire dove fosse nascosto l'indirizzo email. Usò una lente di ingrandimento, lo mise di fronte a una lampadina cercando di guardarvi attraverso e infine tentò di illuminarlo con una piccola torcia a ultravioletti, ma non ottenne alcun risultato. Giunsero le 23.55, ma dell'indirizzo email non c'era alcuna traccia. Cassandra aveva pronta l'email con gli allegati, doveva solo capire dove inviarla. "Forza, forza!" pensava mentre girava e rigirava il biglietto da visita fra le mani, ma proprio quando stava per perdere ogni speranza, l'indirizzo email apparve brevemente, come se fosse stato impresso lì per lì da un laser. Si trattava di un codice numerico complesso a cui seguivano simboli e lettere.

Allo scoccare della mezzanotte riuscì a inviare l'email e tirò un sospiro di sollievo.

Si avvicinò alla figlia che nel frattempo si era addormentata nella sua camera, le fece una carezza e rimase a osservarla finché il sonno colse anche lei.

3

Al mattino Cassandra trovò i due passaporti nell'ingresso di casa e non appena li vide si commosse. Evidentemente qualcuno li aveva fatti scivolare sotto la porta durante la notte. Poco dopo ricevette un messaggio da parte del medico dell'ospedale che la informava di aver trovato il modo di operare Adele, visto che un paziente aveva rinunciato rendendo disponibile la sala operatoria. Lei ignorò quel messaggio perché era a un passo dal condurre sua figlia ad Aether dove si era ripromessa di andare in cerca di Silvia per capire come mai fosse sparita all'improvviso. In quell'occasione le avrebbe anche chiesto di saldare il debito con l'artigiano dei sogni. "In fondo siamo amiche d'infanzia, Silvia non mi negherà un favore" pensò mentre chiamava un taxi.

Mamma e figlia giunsero al checkpoint dove si misero in fila con altre persone. Adele per muoversi usava le grucce e sul suo volto era sempre presente un'espressione di dolore per via delle pessime condizioni di salute in cui versava.

Una donna che aveva appena varcato l'ingresso cercò di tornare indietro di corsa. «No! Io non ci entro lì! Aiuto!» urlò poco prima di essere raggiunta da due guardie che la trascinarono all'interno della cupola.

Cassandra rimase molto turbata da quell'episodio e proprio quando fu chiamata per mostrare il passaporto, istintivamente esitò.

«Signora, è il suo turno, favorisca il passaporto» l'apostrofò una guardia.

Lei abbozzò un sorriso e, senza rispondere, insieme alla figlia fece ritorno al taxi che sino a quel momento era rimasto in attesa di caricare qualche altro cliente da riportare nella zona inquinata.

Cassandra non si era sentita di entrare in città, il suo sesto senso le aveva suggerito di andare via, ma dopo poco fu assalita dai dubbi. "Cosa mi è preso? Ho faticato tanto per trovare il modo di entrare ad Aether e all'ultimo momento mi sono tirata indietro. Devo essere pazza! Mi sono lasciata impressionare dall'atteggiamento di quella donna al checkpoint. Do sempre ascolto al mio istinto, ecco perché mi caccio nei guai!"

Adele fu operata nello squallido ospedale pubblico, l'intervento andò bene e dopo qualche giorno venne dimessa.

Cassandra rimase a casa per due settimane per assistere la figlia ancora convalescente, ma questa assenza, anche se giustificata da ottime ragioni, le costò il posto di lavoro e fu licenziata. Senza un sostentamento economico non sarebbe riuscita a pagare le bollette dell'aria, tantomeno a comprare il cibo sintetico.

Pensava sempre al debito contratto con l'artigiano dei sogni e spinta dalla disperazione, decise di recarsi da sola ad Aether per incontrare Silvia.

Indossò l'unico vestito buono che aveva e raggiunse la città. Il suo passaporto fu messo di fronte a un lettore ottico, ma una luce rossa si accese sul monitor segnalando che qualcosa non andava.

«Signora, il suo passaporto è stato rifiutato.»

«Mi è capitato altre volte» rispose lei abbozzando un sorriso «riprovi per favore.»

Al secondo tentativo apparve la luce verde. Cassandra non vedeva l'ora di poter rimuovere il respiratore e nel frattempo cercava di sporgersi dalla fila per vedere cosa stesse accadendo dentro la cupola. Vide un uomo con indosso un completo elegante che teneva per mano un bambino, mentre dietro di loro una donna con un cappellino verde e un vestito anni Cinquanta sorrideva alle persone al di fuori della cupola. Ogni cosa sembrava perfettamente pulita, perfino gli idranti e i marciapiedi. Un cane di taglia piccola con il pelo lucido era tenuto al guinzaglio da una signora con il vestito a scacchi che mentre conversava amabilmente con un'amica, respirava l'aria pura a pieni polmoni.

Cassandra guardava con stupore quel che stava avvenendo nella cupola e pensava a quanto le persone del passato fossero state fortunate a vivere in un'epoca dove l'aria non era a pagamento e dove nessuno era costretto a indossare i respiratori. "Viviamo in una società iniqua! I ricchi possono permettersi le cure migliori e soprattutto hanno la possibilità di respirare aria pulita! Uno dei diritti fondamentali dell'essere umano è venuto meno per via del denaro."

Mentre stava facendo queste considerazioni giunse davanti alla grande porta d'ingresso, ma un particolare attirò la sua attenzione. Il cane di taglia piccola tenuto al guinzaglio dalla signora con il vestito a scacchi, non poggiava le zampe sul terreno e sembrava come se stesse fluttuando. A ben guardare anche la sua padrona aveva le scarpe staccate dal suolo di pochi centimetri.

Cassandra si stropicciò gli occhi convinta di essere preda di un'allucinazione. Non appena fu all'interno della cupola si accorse che i palazzi avevano una forma piatta, come se improvvisamente fosse venuta a mancare la prospettiva: aveva di fronte una proiezione olografica che serviva a mostrare a chi stava all'esterno come tutto fosse perfetto, invece la realtà era ben diversa. Un generatore era collegato al lungo tubo che verticalmente arrivava fino alle nuvole, il resto del paesaggio era costituito da rottami di vecchi veicoli incastrati tra rocce rossastre.

Ancora prima che riuscisse a capacitarsi di quanto stava vedendo, venne afferrata dalle guardie. Provò a liberarsi, ma venne trascinata verso una gabbia di ferro dove ad attenderla c'era l'artigiano dei sogni.

«Tu! Vieni qui farabutto! Cos'è questo posto?» domandò la donna.

«Cassandra, finalmente!»

«Mi hai venduto un passaporto per l'inferno? Dove mi

trovo?»

«Sono affascinato dalla tua bellezza, pensavo lo avessi capito quando ci siamo incontrati nella zona inquinata. Posso evitarti l'operazione e tenerti in vita, ma solo se diventerai la mia compagna.»

Quelle parole non avevano alcun senso per Cassandra. «Quale operazione? Di cosa parli?» chiese energicamente.

«Ti sto offrendo la possibilità di salvarti e non capita a chiunque.»

Lei finse di svenire e si lasciò cadere a terra. Non appena ebbe le mani libere riuscì a sottrarre la pistola dalla fondina a una delle guardie e a puntargliela contro.

L'artigiano dei sogni, mostrando di non essere affatto scosso da quanto stava accadendo, la invitò a calmarsi. «Va bene, ora non esagerare. Ti porterò in un posto sicuro, però devi restituire la pistola.»

«La pistola viene con me, di' alle guardie di ritirarsi!»

Egli annuì e fece un gesto ai suoi uomini per ordinar loro di tornare all'ingresso.

«Signore, questa donna è armata!»

«Non temete, non potrà rifiutare la mia offerta, qualsiasi persona desidera per sé e i suoi cari un futuro migliore» rispose l'artigiano dei sogni guardando Cassandra.

Si avviarono verso una fatiscente casupola con le pareti di bandone dove per mezzo di un montacarichi scesero nelle profondità della terra fino a raggiungere una stanza dall'aspetto futuristico. Alle pareti facevano bella mostra alcuni quadri famosi come la *Gioconda*, la *Decollazione di San Giovanni Battista* del Caravaggio, la *Nascita di Venere* del

Botticelli e non sembravano affatto delle riproduzioni. Su eleganti piedistalli trasparenti erano esposti vari oggetti tra i quali un'ascia indiana, un cannocchiale e un grammofono. Il contrasto tra il design dell'ambiente futuristico e lo stile classico era molto evidente, così come quello tra la raffinatezza della stanza e la devastazione del mondo esterno.

L'artigiano dei sogni invitò Cassandra a sedersi su una poltrona di pelle bianca. Lei esitante e ancora con la pistola in pugno, accettò l'offerta approfittandone per dare un'ulteriore occhiata in giro. Notò un grande schermo posizionato sopra a un piedistallo di marmo, sul quale erano proiettate le immagini di centinaia di persone che si trovavano nelle loro abitazioni.

4

«Il mio vero nome è Vertumnus e non sono un umano» disse l'artigiano dei sogni.

«Cosa vai farneticando?» rispose Cassandra puntandogli contro la pistola.

«Sono anni che ti osservo e mi sono innamorato di te» rispose lui dirigendo il telecomando verso lo schermo per fare apparire le immagini di Adele che dormiva nel suo appartamento.»

«Mi stavi spiando?»

«Il mio ruolo non è quello di spiare, ma di controllare tutti gli esseri umani residenti nella zona inquinata. Devi sapere che il pianeta dove ci troviamo non è la Terra, ma uno simile che orbita intono a una stella nana rossa. Molto tempo fa gli esseri umani avevano talmente avvelenato il loro mondo da portarlo quasi alla distruzione, così, prima che morissero tutti, prelevammo alcuni di loro per condurli qui sul nostro pianeta.»

«Non ti seguo. Ciò che stai dicendo è assurdo.»

«Proverò a spiegarmi meglio. Come ti ho già accennato, questo non è il Sistema Solare che conosci o, meglio, non sei nel posto dove hai sempre creduto di essere. In passato la mia gente era dedita al consumismo più sfrenato e il super computer ci consigliò di trovare una soluzione per interrompere un processo che altrimenti ci avrebbe condotto all'estinzione. Gli fu chiesto come avremmo potuto salvarci perché la nostra vita dipendeva dal lavoro e dall'economia e la macchina ci fornì una soluzione.»

«Vi suggerì di rapire gli esseri umani e di portarli qui, giusto?»

«Proprio così. Andammo sulla Terra, prelevammo le poche persone ancora in salute e le facemmo riprodurre, dopodiché le eliminammo e tenemmo i loro figli. Ci prendemmo cura dei piccoli facendoli crescere nella zona inquinata di questo pianeta. Pian piano la popolazione si moltiplicò creando vere e proprie comunità che hanno sempre lavorato per consentire alla mia razza di sopravvivere.»

Con il telecomando avviò un video dove in modo semplice veniva spiegato come si fossero svolte le cose. Le immagini mostravano un'astronave che atterrava sulla Terra e prelevava alcuni esseri umani, a cui veniva dato il nome di "coloni". Per convincerli a lasciare il pianeta gli era stata offerta la possibilità di vivere in un altro posto non inquinato. Seguirono le immagini della comunità umana che aumentava di numero, poi quelle dell'uccisione dei coloni e dell'adozione dei loro figli da far crescere nella zona inquinata.

«Per indurli a credere di essere realmente sul pianeta Terra» spiegò Vertumnus «si fece loro studiare la geografia del mondo umano, così come la sua storia. Per evitare che si moltiplicassero a dismisura furono confinati nelle zone inquinate dalle quali non potevano allontanarsi. In questo modo non solo siamo riusciti a tenere sotto controllo il sistema demografico visto che la mortalità per via dell'aria poco salutare nelle aree inquinate è piuttosto alta, ma anche a evitare che si potessero trasferire in altre aree del nostro pianeta che poi avrebbero finito per rovinare. Fu così che nacquero le grandi città dove l'aria è di pessima qualità. Aether è solo una delle molte installazioni, il cui unico scopo è quello di rendere poco respirabile l'aria. Usiamo le loro città inquinate anche per scaricare i rifiuti della nostra società, cioè quella della mia razza.»

«Mi sfugge il senso di tutto questo, perché non avete semplicemente schiavizzato gli umani piuttosto che farli vivere in una città da dove non possono uscire? Perché far nascere nei cuori della gente la speranza di vivere ad Aether?»

«Le domande che hai posto sono lecite, chiaramente la tua bellezza esteriore eguaglia quella intellettiva» disse Vertumnus lanciandole uno sguardo profondo, poi continuò dicendo: «Inizialmente provammo a far lavorare gli umani, ma si lasciavano morire proprio perché mancava loro la speranza di un futuro migliore, allora gli demmo l'illusione di poter vivere ad Aether e in tutte le altre città coperte dalle cupole. Avrai notato come gli ologrammi sono un po' datati, dovremmo aggiornali altrimenti qualcuno si potrebbe insospettire e chiedersi: come mai ad Aether ancora girano macchine anni Cinquanta?».

Premette nuovamente il tasto del telecomando per far apparire le immagini di un mondo pieno di alberi e rigogliosi campi dove tutti potevano vivere felici. Ogni cosa sembrava perfettamente in ordine, i fiumi erano talmente puliti da consentire a chiunque di bere acqua potabile. Si videro diverse persone entrare in lussuose case di legno circondate da campi coltivati a grano. La luce del sole illuminava quel paesaggio dai colori meravigliosi.

«Si tratta del mio mondo, cioè quello al di fuori da ogni zona inquinata di questo pianeta ed è lì che vive la mia gente. Il lavoro degli umani ci garantisce la sopravvivenza. Qualsiasi mezzo di locomozione, così come ogni altra cosa è alimentata dall'energia elettrica generata dalle turbine dove lavorano gli umani della zona inquinata. Quel che producono viene esportato nel mio mondo, consumato e rimandato al mittente che pensa a riciclarlo e produrne ancora.»

«Ammettiamo per un attimo che intenda credere a questa storia assurda. Sapresti dirmi da dove arrivano le materie prime per produrre tutti i beni che utilizza la tua razza?»

«La maggior parte della mia gente vive in case di legno, coltiva la terra e rispetta la natura. In questo modo, proprio evitando di danneggiarla, si assicura una certa continuità. Le materie prime arrivano da altri pianeti.»

«Aspetta un momento! Credo di aver capito! Voi andate su un pianeta e sterminate chiunque vi capiti a tiro, fatta eccezione per un certo numero di coloni che conducete qui per servirvi. Poi tornate su quel pianeta deserto e cominciate a estrarre le materie prime che spedite qui per farle lavorare dai vostri schiavi.»

«Non parlerei di schiavitù perché non teniamo nessuno in catene. Comunque le tue deduzioni sono corrette, la razza umana è la settima che portiamo qui. Prima di loro avevamo individui provenienti da altre galassie. Quando i livelli di inquinamento arriveranno a decimare quelli della tua specie, andremo su un altro pianeta a prendere nuovi coloni.»

«È disgustoso!»

«Abbiamo solo trovato un modo per sopravvivere. Con le nostre telecamere seguiamo ogni essere umano della zona inquinata per assicurarci che svolga giornalmente il suo lavoro. La tassa sull'aria consente di controllare i salari di ognuno di voi per fare in modo che non crescano troppo: non abbiamo bisogno di ricchi nullafacenti, ma di lavoratori.»

«Cosa ci avete fatto!»

«Il vostro pianeta sarebbe stato comunque distrutto dall'inquinamento. Noi abbiamo solo accelerato il processo.»

«Non capisco. Il tuo ruolo è quello di dirigere questa

struttura, ma come mai nell'area inquinata falsifichi passaporti e sei conosciuto come l'artigiano dei sogni?»

«Si tratta di una mia invenzione. La nostra tecnologia ci permette di misurare i parametri vitali degli umani e di capire quando moriranno. Prima che ciò accada gli facciamo arrivare la voce che è possibile ottenere un passaporto per lasciare la zona inquinata ed è così che si recano dall'artigiano dei sogni.»

«Non potete semplicemente farli morire con i loro cari?»

«Assolutamente no. Vogliamo dar loro una speranza che li spinga a lavorare di più per potersi permettere di pagare il passaporto. Sfruttiamo in questo modo quanto ancora ci possono dare e una volta che sono giunti qui ad Aether, li uccidiamo. Nulla di violento, nessuno di loro soffre al momento del trapasso. Questo processo lo chiamiamo "l'operazione". Chi li conosce penserà che stanno vivendo in una città splendida dall'aria pulita e desidererà a sua volta trasferirsi qui.»

«Quindi io sono malata? Mi avete portato qui perché sto per morire?»

«Per te è diverso. Non stai per morire, ma ti ho osservata a lungo tramite le telecamere nascoste nel tuo appartamento e mi sono innamorato di te. Ti propongo di rimanere qui per un po', poi quando mi scadrà il mandato lasceremo Aether e andremo a stare con il mio popolo nelle zone non inquinate. Ti sto offrendo la possibilità di vivere in un mondo pulito dove l'aria è perfettamente respirabile.»

«Che ne sarà di mia figlia?»

«Non potrà venire con noi perché è giovane e potrebbe

lasciarsi sfuggire che non appartiene al mio popolo. Nessuno straniero è mai stato condotto lì, tuttavia anatomicamente siamo identici e sarà impossibile che qualcuno si accorga che sei un'umana.»

«Come puoi chiedermi di lasciare Adele nella zona inquinata?»

«Se rimarrete lì morirete entrambe.»

Puntò il telecomando verso lo schermo e dopo poco si vide l'immagine di Adele mentre dormiva sul divano. Sulla sua testa apparve il numero venti.

«Tra vent'anni morirà a causa dell'inquinamento dell'aria e lo stesso accadrà a te tra cinque anni. Ti sto offrendo la possibilità di salvarti, pensaci bene. Perderesti comunque l'opportunità di stare vicino ad Adele e sarà meglio per te se rimarrai in vita. Non penso tu voglia seguire lo stesso destino della tua amica Silvia.»

Cassandra si portò le mani al petto e scoppiò a piangere. L'aver appreso della morte della sua amica d'infanzia l'aveva colpita profondamente al cuore. Inoltre si sentiva frastornata per aver udito quella storia incredibile secondo cui gli umani erano stati trasferiti su un altro pianeta per essere confinati all'interno di aree inquinate e schiavizzati. Da una parte non si voleva separare da sua figlia, dall'altra riusciva a fatica ad accettare il fatto di dover morire nel giro di cinque anni. In quel momento il suo coraggio di madre le suggerì una soluzione, perciò esclamò: «Sono d'accordo!».

«Benissimo, saggia decisione. Allora rimarrai con me?»

«No, intendevo dire che sono d'accordo a considerare un'ulteriore alternativa che non mi hai prospettato: salverò la razza umana!»

Con il calcio della pistola colpì l'uomo sulla testa mandandolo al tappeto. Armeggiò con un computer cercando di manomettere il sistema, ma non vi riuscì perché non comprendeva il significato dei simboli sulla tastiera che appartenevano a un'altra lingua, allora afferrò l'ascia indiana dal piedistallo e se ne servì per tagliare un grosso cavo che percorreva la parete della stanza.

Improvvisamente la corrente venne a mancare e la proiezione olografica della città di Aether scomparve, rivelando a quanti si trovavano in fila all'esterno cosa fosse realmente contenuto nella cupola. Poiché il grande tubo che convogliava all'interno la luce del sole serviva anche per danneggiare l'aria all'esterno e creare una coltre nera, le nuvole cominciarono a diradarsi e l'aria nell'area inquinata divenne migliore. Con sguardo incredulo gli esseri umani rivolsero gli occhi al cielo rimanendo impressionati dalla sua vastità. Pian piano rimossero i respiratori e si chiesero cosa stesse accadendo.

Si radunarono nelle piazze e fu proprio allora che la voce di Cassandra uscì dai tanti megafoni posizionati agli angoli delle strade. «Amici, fratelli, c'è ancora speranza per noi umani ed è giunto il momento di ribellarci contro chi ci sta sfruttando. Quanto vi dirò potrà sembrarvi strano, ma servirà ad aprirvi gli occhi: la razza umana merita un'altra possibilità!»

Destinazione giovinezza

1

In un giorno d'inverno del 2023, Martin se ne stava seduto davanti al bancone di un bar in attesa di ricevere il drink che aveva ordinato.

«Fred! Ti muovi o no!» disse a voce alta al proprietario del locale.

«Dammi un minuto! Lo sai quali sono le regole, devi mostrarmi la carta d'identità altrimenti non ti posso servire da bere.»

«Conosco le regole di questa piccola città della California, ecco qua!» rispose Martin aprendo il portafoglio per mostrare il documento contenuto all'interno di uno scomparto di plastica.

«Fammi un po' vedere» disse con tono scherzoso Fred «qui dice Martin Eaglewood residente a Santa Cruz, nato il 16 gennaio del 1979…»

«La pianti per favore? Lo so perfettamente quanti anni

ho! Se potessi non invecchiare sarei l'uomo più felice del mondo.»

«Va bene, va bene, mi sembra tutto regolare, eccoti il tuo drink» rispose Fred porgendogli il bicchiere.

Martin era nato a Santa Cruz dove aveva sempre vissuto. Da giovane andava a fare surf con i ragazzi della sua età, poi aveva tentato di frequentare l'università locale pur senza riuscire a superare alcun esame. A quel tempo vendeva agli studenti dei "pacchetti fitness" - così come li aveva definiti - che comprendevano una serie di attività da fare all'aria aperta con lo scopo di tenersi in forma, inoltre organizzava vari party che gli consentivano di guadagnare qualche soldo. Martin non era un ragazzo disciplinato, anzi, le regole gli stavano piuttosto strette, ma era comunque dotato di una straordinaria furbizia. Se per esempio incontrava un professore, riusciva a convincerlo di essere uno studente modello nonostante ciò non fosse assolutamente vero; oppure se conosceva una ragazza era in grado di conquistarla con frasi romantiche degne di un vero poeta dell'Ottocento.

Se avesse voluto studiare, vista la sua propensione per le materie scientifiche, sicuramente sarebbe diventato uno scienziato di successo ma aveva preferito spendere il tempo dedicandosi a cose frivole.

Gli anni passarono in fretta e Martin lasciò l'università per diventare un agente immobiliare. Grazie alla sua eccezionale furbizia e alle buone doti comunicative riusciva a vendere una catapecchia a prezzi esorbitanti. Egli si stupiva di quanto i compratori si fidassero di lui e da una parte ciò lo induceva a fare i conti con la sua coscienza, dall'altra però era convinto di non commettere alcun reato perché i clienti vedevano la casa di persona e poi decidevano di acquistarla. "Non imbroglio nessuno, mi limito solo a mostrare gli aspetti positivi e le potenzialità dell'immobile" si ripeteva spesso.

Giunto alla soglia dei quarantaquattro anni disponeva di un bel gruzzolo e aveva deciso di lavorare meno, per questo passava le giornate facendo surf, incontrando gli amici o spendendo il suo tempo nel bar di Fred. Non si era mai allontanato da Santa Cruz e l'unica gita che aveva fatto era stata a Catalina, un'isola della California davvero suggestiva.

"Qui ho tutto quello che mi serve, perché dovrei viaggiare?" usava ripetersi ogni mattina mentre si lavava il viso. Spesso si fermava a osservare il suo volto riflesso nello specchio e con una punta di tristezza constatava quanto il tempo stesse lasciando pesanti segni su di lui. I capelli biondi cominciavano a ingrigirsi, mentre ogni volta che rideva la pelle si increspava ai lati degli occhi. "Non è giusto" si diceva "come posso rassegnarmi a perdere la mia giovinezza? Che crudeltà! Da giovani si possono fare mille attività, poi con l'avanzare dell'età bisogna rinunciarci o quantomeno si è costretti a modificare le proprie abitudini. Beh, non mi sta bene! È una sofferenza! Mi rifiuto categoricamente di invecchiare!"

Un giorno, mentre si trovava davanti allo specchio, rivolse i suoi vispi occhi marroni un po' più in basso per constatare il tono degli addominali. "Ecco, lo sapevo! Sto mettendo su la pancia. Il metabolismo sta cambiando! Prima potevo mangiare quello che volevo e non ingrassavo nemmeno di un grammo, ora invece non solo non mi si vedono più gli addominali, ma ho anche le maniglie dell'amore!"

Gli amici lo definivano un "eterno bambinone" perché era sempre il primo a voler fare baldoria nei bar. La sua fissazione di riuscire a contrastare l'avanzare dell'età lo aveva portato a frequentare ogni settimana vari centri estetici per farsi fare dei massaggi e trattamenti anti invecchiamento. A casa aveva centinaia di creme per combattere le rughe e tutte le sere indossava una maschera facciale a base di avocado, cetrioli e altri prodotti naturali.

Nel corso del tempo non era mai riuscito ad avere un rapporto stabile con una donna perché ogni volta che pensava di aver trovato la persona giusta, dopo un po' la lasciava. Temeva che una relazione di coppia lo avrebbe costretto a rinunciare alle sue abitudini come quella di fare surf tutti i giovedì mattina e proprio per questo motivo preferiva starsene da solo, ma un giorno incontrò Grace West e tutti i suoi piani cambiarono.

Come sempre se ne stava da Fred a parlare degli ultimi ritrovati della scienza per non invecchiare, quando vide entrare nel locale una donna con un abito stile anni Cinquanta, con il colletto bianco abbinato alla fascia di raso che era assicurata alla vita da un fiocco. Anche i capelli rossi erano acconciati come si usava un tempo e cioè con una frangia e grandi boccoli che scendevano lungo le spalle. Le labbra di un rosso acceso, i sensuali occhi verdi, così come il suo aggraziato modo di muoversi, attirarono l'attenzione di Martin che si abbottonò la camicia e raddrizzò la schiena per dare una migliore impressione di sé. Grace si avvicinò e con un rapido gesto gli spinse in su il mento per serrargli la bocca che era ancora spalancata, poi chiese a Fred se in città ci fosse un meccanico perché la sua auto si era fermata improvvisamente a causa di un guasto.

Martin si offrì subito di aiutarla. «Non sono un meccanico, ma posso tentare di dare un'occhiata al motore. Non le chiederò nemmeno un centesimo perché mi hanno insegnato ad aiutare il prossimo senza cercare di trarne alcun vantaggio. Credo in un codice fatto di onestà…»

Chiaramente stava facendo appello alle sue abilità comunicative per fare colpo sulla donna, ma lei sembrava piuttosto scaltra e lo interruppe dicendo: «Mi fa piacere che voglia offrire un'immagine di sé simile a quella del cavaliere senza macchia e senza paura, tuttavia ho una certa fretta e se non le dispiace eviterei di perdere tempo con discorsi che non mi consentono di raggiungere quanto auspico possa avvenire da qui a dieci minuti. Per la sua ricompensa non tema, do sempre a tutti quanto si meritano».

Per la prima volta nella sua vita, Martin non seppe cosa rispondere. La voce suadente della donna, la sicurezza con la quale si era espressa, nonché le parole che aveva utilizzato lo avevano spiazzato, quindi senza aggiungere altro si alzò e uscì dal locale per dare un'occhiata alla macchina. Nonostante spesso si lamentasse della sua età, rimaneva un uomo affascinante e questo Grace lo aveva notato, ma non lo diede a vedere.

Giunti di fronte all'auto dal design anni Cinquanta,

Martin si fece aprire il cofano per cercare di capire cosa non andasse e fu allora che la donna chiese: «Vive in questa città?».

«Ci sono cresciuto! Sa come sono i Californiani, no? Amiamo il sole, il surf e soprattutto aiutare chi è in difficoltà. Siamo bravi ragazzi, non trova? Non mi ha ancora detto come si chiama e di cosa si occupa.»

L'altra sorrise scuotendo la testa. «Mi chiamo Grace e sono a capo di un'agenzia di moda.»

Nel frattempo egli comprese che l'auto non poteva essere messa in moto a causa di un cavo della batteria che si era staccato, poi disse: «Ah, me lo aspettavo e scommetto che gli affari vanno a gonfie vele. Un'agenzia di moda con a capo una donna affascinante come lei non potrà mai fallire».

I due conversarono ancora un po' e volutamente Martin non sistemò il cavo della batteria proprio per cercare di avere più tempo per conoscere Grace.

Con la scusa di andare da un meccanico, si offrì di accompagnare la donna con la sua macchina in un'officina poco lontana. Lei inizialmente si mostrò titubante, ma poi accettò. Durante il breve viaggio in auto passarono nei pressi di una scogliera a picco sull'oceano che piacque molto a Grace, poi di fronte al campus universitario immerso nel verde e infine giunsero al luna park che si affacciava sulla spiaggia.

«Non mi sembra un'officina meccanica» disse lei con tono esitante.

«Non lo è, ma mi sono ricordato che a quest'ora è chiusa. Vorrei tenerle compagnia e poi pagarle una camera d'albergo per trascorrere la notte. Domani mattina la passerò a prendere e andremo dal meccanico, spero accetti altrimenti… il mio cuore non potrebbe sopportarlo.»

Appena ebbe finito di parlare si portò due mani al petto e fece finta di svenire.

«Martin, sei una persona divertente e sai come far sentire importante una donna. Apprezzo che non ti sia spinto tanto in là offrendomi di passare la notte a casa tua. Non mi piacciono gli uomini rozzi che bruciano le tappe.»

L'altro pensò di aver fatto centro e l'accompagnò sulla ruota panoramica, ma rimase di stucco quando lei disse: «Non avrei mai immaginato di finire a Santa Cruz e tantomeno di doverci rimanere a causa di un cavo della batteria che si è allentato».

Grace aveva capito quale problema avesse la sua automobile sin da quando Martin aveva sollevato il cofano per dare un'occhiata al motore, tuttavia, fino a quel momento aveva fatto finta di non esserne a conoscenza.

2

La macchina venne sistemata, Grace non lasciò Santa Cruz e si innamorò di Martin. Lui non fuggì dalla relazione così come aveva sempre fatto in passato, perché riteneva Grace estremamente attraente e anche una persona in grado di tenere a bada il suo carattere. I due avevano un rapporto splendido, l'unica cosa che lei tollerava poco di Martin era proprio il fatto che non accettava di dover invecchiare. «Usi decine di creme per il viso e fai troppi trattamenti per il corpo, è un'ossessione la tua!» gli ripeteva spesso, seppur con tono amorevole.

Grace andò a vivere a casa di Martin riuscendo comunque a gestire a distanza la sua agenzia di moda. Dopo qualche anno cominciarono a parlare di matrimonio e di voler spendere il resto della vita insieme, ma un giorno accadde qualcosa di inaspettato.

Per motivi di lavoro Grace si recò a San Francisco. Martin volle farle una sorpresa e decise di presentarsi da lei con dei regali, perciò, senza dirle nulla, si imbarcò sul primo aereo disponibile. Mentre si trovava in alta quota fu colto da un sonno improvviso e quando si risvegliò non vide nessuno intorno a lui: i passeggeri e il personale di bordo erano spariti. Inizialmente pensò di essere vittima di un incubo e decise di chiudere nuovamente gli occhi, ma dopo un po' tese l'orecchio rendendosi conto che dalle turbine non proveniva alcun rumore. Si alzò di scatto per guardare fuori dal finestrino e vide le automobili di servizio percorrere le piste dell'aeroporto, inoltre scorse in lontananza vari aerei che venivano riforniti.

"Come hanno potuto dimenticarsi di me? Devo fare mente locale" si disse mentre percorreva il corridoio in direzione della cabina di pilotaggio, ma non appena vi giunse non trovò nessuno. Accese il telefono per chiamare i soccorsi e si rese subito conto dell'assenza di segnale. Provò anche ad aprire il portellone principale, così come le porte di emergenza, ma ogni uscita sembrava essere stata serrata dall'esterno.

"Perfetto, sono in trappola!" si disse "mangerò qualcosa e tornerò a dormire, domani mattina qualcuno si farà vivo e di sicuro denuncerò la compagnia aerea. Dovranno risarcirmi per questo! Appena uscirò da qui contatterò il mio avvocato."

Mangiò dei biscotti salati che erano stipati nel vano del cibo e si rimise a dormire, questa volta però si sdraiò su una fila composta da quattro sedili per stare più comodo.

Al mattino il personale di volo entrò nell'aereo e Martin andò subito a parlare con un'hostess. «Finalmente! Questa volta passerete dei guai perché la vostra compagnia dovrà spiegare al giudice come è potuto accadere che un passeggero sia stato dimenticato a bordo!»

«Si calmi signore, la prego di accomodarsi al suo posto» rispose un'hostess mostrandosi comprensiva e usando un tono calmo.

A quel punto Martin perse la pazienza: «Sono rimasto qui tutta la notte! Riesce a comprendere quello che dico?».

«Signore, capisco perfettamente il suo disagio, la prego di andarsi a sedere, se posso fare qualcosa per aiutarla ad ingannare l'attesa da qui al momento del decollo...»

«Decollo? Quale decollo? Io sono arrivato ieri sera a destinazione e voglio scendere!» ribatté lui dirigendosi verso l'uscita e non appena vi giunse tirò un sospiro di sollievo perché il portellone era spalancato, ma quando tentò di attraversarlo fu spinto indietro da una strana forza. Provò anche a tendere la mano fuori dall'aero, ma non vi riuscì perché una barriera invisibile sembrava bloccare l'uscita.

«Che diavolo sta succedendo?»

Andò da uno steward e gli chiese la cortesia di lasciarlo uscire, ma come avvenuto in precedenza fu invitato a sedersi. Martin non era un uomo violento, tuttavia questa volta perse la pazienza; provò a spingere con forza lo steward, ma non appena lo toccò perse i sensi e quando tornò in sé trovò l'aereo pieno di gente. Accanto a lui sedeva una signora anziana che stava sorseggiando del caffè. «Ha dormito come un ghiro signore e da una parte la invidio perché io su questi arnesi volanti non riesco a chiudere occhio.»

Piuttosto confuso Martin chiese: «Siamo decollati? Dove siamo diretti?».

«Figliolo, si sente bene? Certo che siamo decollati. Si è imbarcato su un aereo e non sa dove sta andando?»

«Può rispondere alla domanda per favore?»

«Va bene. Siamo diretti a San Francisco.»

Lui non rispose e rimase a pensare. Non riusciva proprio a comprendere cosa stesse accadendo, ma un'idea gli balenò nella mente, quindi chiese allo steward: «Posso fare una telefonata?».

«Certamente signore, può usare sia il servizio Wi-Fi che costa 10.99 $ oppure il telefono di bordo per 2.50 $ al minuto.»

«Il mio telefono non funziona e non posso sfruttare la rete Wi-Fi, mi faccia usare il telefono di bordo per favore.»

Porse la carta di credito all'uomo per acquistare cinque minuti di conversazione, ma la transazione venne rifiutata più volte. "Strano!" pensò Martin porgendo delle banconote allo steward per ovviare all'inconveniente.

Compose il numero dell'ufficio di Grace e finalmente riuscì a sentire la sua voce. «Pronto?»

«Tesoro sono io! Non puoi capire cosa mi sta accadendo, per favore avverti la polizia!»

«Chi parla?»

«Grace, sono Martin!»

«Smettetela con questi scherzi o chiamo la polizia! Prendersi gioco del dolore delle persone è una cosa terribile!» urlò lei riagganciando il telefono.

Martin rimase perplesso.

«Tutto bene signore?» chiese lo steward notando l'espressione triste dell'altro.

«No, non va bene niente» rispose lui tornando al suo posto.

Dopo poco si addormentò e quando si svegliò si ritrovò nuovamente all'interno dell'aereo vuoto che era fermo in aeroporto con le porte sbarrate.

"Questa situazione è surreale, non capisco cosa stia succedendo. Perché Grace non mi vuole parlare? Sono nuovamente solo e i passeggeri sembrano spariti. Quando finirà questo incubo? Ho un'idea per andarmene da qui e domani mattina la metterò in pratica".

Egli passò la notte a mettere a punto un piano di fuga e proprio quando la stanchezza lo stava per sopraffare, giusto un momento prima dell'alba, il personale di volo fece il suo ingresso nell'aereo.

Martin si alzò in piedi di scatto e provò a colpire lo steward con un pugno, ma non appena le sue nocche sfiorarono la guancia dell'altro, la luce venne a mancare e

Martin perse i sensi. Quando tornò in sé si ritrovò seduto accanto a un ragazzo con indosso un paio di vistose cuffie per ascoltare la musica. L'aereo stava volando sopra le nuvole e tutto sembrava normale; i passeggeri conversavano tra di loro, altri guardavano i film, alcuni invece leggevano e nessuno sembrava comportarsi in modo strano.

Martin fece un cenno al ragazzo per suggerirgli di togliersi le cuffie e chiese: «Scommetto che siamo diretti a San Francisco, giusto?».

«Sì, signore, è piuttosto ovvio. Sta viaggiando per lavoro?»

«No, vado lì per incontrare una persona.»

I due cominciarono a conversare e Martin ne fu sollevato. Raccontò al ragazzo di come avesse conosciuto Grace e perfino della disavventura che stava passando, nonostante fosse consapevole del fatto che l'altro non gli avrebbe creduto. Eppure quel ragazzo si mostrò davvero interessato, anzi, con tono piuttosto serio disse: «Io amo scrivere e questa storia fantastica che mi sta raccontando potrebbe diventare un romanzo di successo. È surreale, ma allo stesso tempo avventurosa, anche se ad essere onesto, sceglierei un bel finale a sorpresa, qualcosa che lasci il lettore a bocca aperta, che ne pensa?».

«Sapevo che non mi avrebbe creduto, ma non fa nulla, ormai comincio a rassegnarmi. Spenderò la mia vita su questo aereo e un giorno morirò qui.»

«Non accadrà, stia sereno. Tra non molto saremo a San Francisco e se mai si addormenterà la sveglierò io per farla scendere.»

Gli porse la mano e Martin la strinse vigorosamente sentendosi sollevato. Guardò quel ragazzo e vide riflessa nei suoi occhi la freschezza della gioventù, la voglia di osare tipica di chi ha pochi anni sulle spalle, un pizzico di sfrontatezza, l'inesperienza, ma anche l'audacia.

Il ragazzo disse di chiamarsi Mike e di essere in viaggio per andare a incontrare i suoi genitori. Aggiunse che frequentava l'università di Santa Cruz e che un giorno gli sarebbe piaciuto realizzare il sogno di vendere un milione di copie di un suo romanzo. Mentre parlava si annodava i capelli ricci castani intorno al dito e si esprimeva con calma, pesando le parole. Sul viso aveva una voglia di colore viola e gli occhi neri erano davvero vivaci.

Martin lo ascoltava in silenzio, poi gli venne un'idea e gli chiese di prestargli lo smartphone, ma non appena questo fu nelle sue mani la connessione a internet sparì.

«Mi credi ora?» disse al ragazzo «se tu hai tra le mani il telefono sei connesso alla rete, mentre se l'ho io il segnale sparisce!»

«Non so che dirle» rispose il ragazzo riprendendosi il telefono. La conversazione tra i due proseguì, finché Martin si addormentò. Mentre stava sognando di riabbracciare Grace, gli sembrò di udire la voce di Mike. «Signore siamo arrivati è il momento di scendere.»

Aprì gli occhi, ma tutti i passeggeri, compreso il ragazzo, erano spariti e l'aereo era ancora una volta fermo in aeroporto.

Mangiò qualcosa e provò a fare un gesto bizzarro. Servendosi di un coltello di plastica riuscì a rompere la pelle di un sedile e a rimuovere la gommapiuma che subito pose nello scaldavivande. Usando una moneta rimosse un paio di viti da una placca di metallo dietro la quale riuscì a estrarre due resistenze elettriche che gli servirono per dar fuoco alla gommapiuma e appiccare un incendio. Il fumo in poco tempo riempì l'aria facendogli perdere i sensi e quando egli si riebbe si trovò nuovamente al suo posto, in volo per raggiungere San Francisco. Accanto a lui un signore dallo sguardo vivace era assorto nella lettura di un giornale. Guardandolo meglio, Martin notò un particolare che lo fece trasalire: aveva sul viso una voglia viola esattamente come quella di Mike, il ragazzo che aveva incontrato di recente.

«Scusi, posso chiederle il suo nome?» chiese Martin timidamente.

«Mi chiamo Mike e lei… non ci credo! Martin!»

Mike era invecchiato, mentre Martin no. «Tu eri un ragazzo, ti ho incontrato di recente…»

«Tu invece eri esattamente come sei ora e ti ho incontrato diversi anni fa proprio su questo aereo.»

«Anni?»

«Sì, anni. Ispirandomi alla tua fantastica storia ho scritto un libro che mi ha reso famoso. Non capisco.»

I due non sapevano spiegarsi cosa stesse succedendo, allora Martin gli strappò il giornale dalle mani e dalla data riportata in prima pagina scoprì di trovarsi nel 2043.

«Sono su questo aereo da vent'anni!» esclamò Martin prima di perdere conoscenza per lo shock subìto nell'apprendere tale notizia.

3

«Signore, siamo arrivati. Si svegli, deve scendere» disse una voce che destò dal sonno Martin. Aprì gli occhi a fatica e si rese conto di essere all'aeroporto di San Francisco. Intorno a lui i passeggeri stavano recuperando i bagagli dalle cappelliere e si apprestavano a mettersi in fila per scendere dall'aereo.

Si alzò di scatto, afferrò il bagaglio a mano e si fece largo a spintoni per raggiungere il portellone senza curarsi delle proteste delle persone che venivano urtate.

Giunse finalmente fuori e tirò un sospiro di sollievo. «Deve essersi trattato di un incubo! Comunque per scaramanzia la prossima volta cambierò compagnia aerea!»

Provò a utilizzare il cellulare, ma la batteria era a terra, tuttavia non se ne rammaricò più di tanto data la gioia che stava provando per essere arrivato a destinazione.

Prese un taxi fino alla fermata della metropolitana che lo avrebbe condotto all'ufficio di Grace. Mentre il vagone viaggiava nella galleria, Martin stava ripensando a quanto accaduto in aereo. "Davvero un incubo tremendo! Non so neanche come la mia mente sia stata in grado di partorirlo! Lo dirò a Grace e si farà una bella risata, chissà quanto sarà contenta di vedermi."

Tirò fuori dal bagaglio a mano una rivista e cominciò a sfogliarla fermandosi a leggere un articolo che descriveva il matrimonio di una giovane coppia. "La sposa ha proprio un bel vestito, potrei farlo vedere a Grace, magari ci farà un pensierino e ne comprerà uno simile per il nostro matrimonio" pensò mentre osservava le foto.

Giunse alla sua fermata, ma quando provò a scendere dal vagone sbatté il naso su una barriera invisibile, esattamente come era accaduto tempo prima sull'aereo nel momento in cui aveva provato a varcare l'uscita.

«Ci risiamo! Questa volta no! Sto sognando e devo svegliarmi subito!»

Le porte si chiusero e la metropolitana proseguì nel suo viaggio; Martin si accasciò su un sedile sbuffando e rimanendo in attesa. Vide molte persone salire e scendere dal vagone, poi decise di fare qualcosa per riuscire a svegliarsi da quell'incubo, allora si alzò in piedi e urlò: «La vogliamo finire con questa storia! Lo so perfettamente che voi non siete reali!».

Tutti gli sguardi dei presenti furono su di lui. Si avvicinò a un ragazzo e lo spinse con forza, poi strappò un giornale dalle mani di un signore anziano e lo fece in mille pezzi, infine servendosi di un pennarello disegnò due baffi sul volto di una signora di mezza età che stava dormendo.

«Ora basta!» urlò una ragazza «Fatelo scendere!»

«Magari signorina, magari!» rispose Martin mentre con un rapido gesto si impossessava di un termos che un uomo aveva tra le mani per berne il contenuto e commentare: «Fratello, manca lo zucchero!».

Fu afferrato da un energumeno con indosso la divisa di una ditta delle pulizie che alla prima fermata lo scaraventò fuori dal vagone. Non appena Martin toccò terra chiuse gli occhi e quando li riaprì si ritrovò seduto al suo posto nel vagone della metropolitana; si guardò un po' intorno e scorse le persone che aveva infastidito in precedenza, ma nessuna di esse sembrava curarsi di lui: tutte erano assorte nelle loro attività, come se nulla fosse mai accaduto.

"Un altro incubo! Appena tornerò a casa mi farò dare un'occhiata da uno specialista."

Il suo orologio emise un bip e lui si rese conto di aver dimenticato di applicare la crema antirughe. "Come è potuto accadere? C'era da aspettarselo, dopo tutti questi incubi!"

Giunse alla sua fermata, ma rimase in piedi davanti alla porta d'uscita del vagone. Il signore col termos esclamò: «Si muova! Sta bloccando l'uscita!».

Martin scese di gran fretta e sussurrò: «Ci sono riuscito. Ho lasciato il vagone».

Si diresse verso le scale per giungere finalmente all'aria aperta.

"Quando finirà questo incubo?" si domandò nuovamente, scuotendo la testa. Raggiunse a piedi l'ufficio di Grace e suonò più volte il campanello finché finalmente una ragazza dai capelli rossi venne ad aprire la porta. «Come posso aiutarla signore?».

«Sto cercando Grace West, sono il suo fidanzato e le sto facendo una sorpresa. Lei non sa del mio arrivo.»

«Come scusi?»

«Mi chiamo Martin e sto cercando Grace» ripeté lui con tono stizzito.

«Che buffo, ho un nome simile al suo, mi chiamo Martina. Comunque credo che si tratti di un errore, aspetti un momento» rispose la ragazza girando il volto dall'altra parte per urlare: «Mamma! C'è un tipo qui che dice di conoscerti!».

Martin non capì di cosa stesse parlando la ragazza, ma non poté credere ai suoi occhi quando vide una signora anziana con indosso un vestito anni cinquanta e i capelli bianchi.

«Grace!» esclamò lui incredulo.

Lei si portò una mano al petto come per contrastare un forte dolore improvviso e disse: «Martin come… sei rimasto giovane… dove sei stato tutti questi anni?».

In quel momento si sentì mancare e la figlia dovette sostenerla.

«Mamma, conosci questo signore?»

«Sì Martina e per qualche ragione non è invecchiato di un giorno. Non capisco, ora dovrebbe avere più o meno la mia età.»

«Cosa dici mamma, è impossibile.»

«Anni fa ricevetti una telefonata da parte di una persona che diceva di chiamarsi Martin, ma riagganciai il ricevitore pensando fosse uno scherzo.»

«Ero io che ti chiamavo dall'aereo» mormorò lui.

«Mamma puoi dirmi chi è questo signore?»

«Quando lasciai Santa Cruz mi accorsi di essere incinta e… Martina, questo è tuo padre! Da quel giorno non l'ho più visto e pensavo fosse morto. Come sai nemmeno la polizia è mai riuscita a rintracciarlo!»

Per qualche strana ragione il desiderio di Martin di rimanere sempre giovane era stato esaudito, ma il prezzo pagato era altissimo: non aveva potuto assistere alla nascita

della figlia e spendere del tempo con lei, inoltre non era riuscito a vivere accanto alla donna che amava.
In quel momento Martin si pentì di aver desiderato l'eterna giovinezza.

Il volto della morte

1

Una normale domenica del 2023 George se ne stava rinchiuso nel suo appartamento e non aveva affatto voglia di uscire perché sapeva benissimo quanto gli sarebbe costato. Era un tipo ordinario, senza alcuna ambizione, schivo, talmente timoroso da avere paura perfino della sua stessa ombra e per questo cercava di evitare ogni situazione sociale come un party oppure una rimpatriata tra amici. Si trovava alla soglia dei cinquant'anni e aveva tirato i remi in barca, non amava nemmeno pettinarsi o prepararsi per andare da qualche parte, in realtà si sentiva come un relitto che attende di essere sbalzato sugli scogli dall'irruenza delle onde.

Egli era impiegato presso un'azienda di cosmetici che reclamizzava i suoi prodotti come artigianali eppure utilizzava come metodo di lavorazione la catena di montaggio. Il nostro protagonista aveva l'incarico di avvitare i tappi sulle confezioni di dentifricio che un rullo trasportatore gli presentava davanti. Si trattava di un compito monotono e in grado di spegnere qualsiasi forma di creatività; ovviamente per svolgerlo non era necessario essere in possesso di alcuna particolare abilità, se non quella di avere una sconfinata pazienza.

George spesso si chiedeva come mai le autorità avessero permesso che un prodotto industriale potesse essere spacciato come artigianale solo perché qualcuno avvitava a mano i tappi, ma non potendo trovare alcuna risposta al suo quesito si limitava a scrollare le spalle e ad accontentarsi di un esiguo stipendio che gli bastava appena per pagare l'affitto, l'assicurazione della macchina e comprare il cibo. A fine mese non gli rimaneva molto in tasca e non poteva permettersi di acquistare nemmeno un paio di scarpe, inoltre il tempo a disposizione per riposarsi non era molto perché il suo turno di lavoro era articolato su otto ore e prevedeva una lunga pausa pranzo non retribuita. Per questo motivo George usciva da casa al mattino presto e rientrava quando il sole si era già ritirato.

Si riteneva fortunato di avere un lavoro perché in tempi di crisi economica come quella che stava vivendo il Paese dove viveva, molte persone non ricevevano nemmeno il salario minimo. In un angolo del suo cuore, però, sapeva di condurre un'esistenza misera fatta solo di rinunce. "Qual è il senso della vita se non posso permettermi una vacanza?" usava spesso ripetersi e poi ancora: "Se mi si dovesse rompere lo scaldabagno non avrei nemmeno i soldi per farlo riparare. Decisamente devo cambiare lavoro. Ma dove potrei trovarne un altro? Meglio accontentarsi di vivere cento giorni da pecora, perché a fare il leone si rischia troppo".

I suoi giorni si somigliavano tutti, ma una mattina gli accadde qualcosa di speciale. Mentre si trovava in bagno per mettere in atto la sua monotona routine che cominciava proprio con il guardarsi allo specchio e constatare quanto fosse invecchiato, sentì bussare alla porta.

«Chi può essere a quest'ora?» si domandò mentre indossava la vestaglia. «Sarà un vicino di casa? No, non può essere, forse è l'amministratore di condominio. Non voglio grane!»

Aprì la porta, ma non vide nessuno, allora si affacciò per dare un'occhiata al corridoio, ma anche lì non scorse anima viva. «Uno scherzo di cattivo gusto» disse sbattendo la porta dietro di sé, ma non fece in tempo a fare un passo che vide una donna seduta sulla poltrona del salotto. Inizialmente gli parve di sognare, ma nonostante si stropicciasse gli occhi, quella donna era sempre lì. «Signora, come ha fatto a entrare? Chi è lei?»

«Di tutte le domande che potevi fare hai posto quelle peggiori e hai bruciato due opportunità, te ne rimangono solo sei. Mi dispiace» rispose lei sciogliendo i lunghi capelli neri. Indossava un abito grigio e i suoi occhi verdi sembravano brillare nella semioscurità.

«Sono obbligata a risponderti George, non posso far finta di non aver udito le tue domande, perciò pensa bene prima di formularne altre. Ebbene, ecco le tue risposte: per entrare qui non ho attraversato la porta, ma sono apparsa dal nulla. Mi chiamano in molti modi, a volte davvero fantasiosi, come "mietitrice di anime" oppure "oscura signora", ma preferisco chi usa riferirsi a me in modo classico, senza troppi fronzoli semplicemente chiamandomi "morte".»

George pensò di essere vittima di uno scherzo. Non aveva mai incontrato prima di allora quella signora eppure la sua voce suadente gli era familiare, inoltre la trovava affascinante. I lineamenti delicati la facevano somigliare a una dea greca, mentre la sua carnagione chiara sembrava quella di un'antica bambola di porcellana.

Inizialmente pensò di invitarla a lasciare l'appartamento, ma poi la curiosità ebbe la meglio e cambiò idea chiedendo: «Perché mi rimangono solo sei domande?».

«Hai appena posto un'altra domanda, quindi ne hai a disposizione solo cinque. Ora posso risponderti…»

«Basta così!» la interruppe lui andando verso il telefono per chiamare la polizia. Compose il numero ed attese finché la voce di un operatore gli chiese di identificarsi e di specificare il motivo della chiamata. Mentre stava per rispondere vide nello specchio il riflesso della poltrona dove sedeva la signora e si sentì sollevato nel constatare che ella non era più lì. Disse all'operatore di aver fatto quella chiamata per errore e riagganciò il telefono. Si girò e si sorprese quando vide la signora seduta comodamente in poltrona; allora rivolse lo sguardo in direzione dello specchio, poi ancora verso di lei: la signora era sempre lì, ma la sua immagine non era riflessa.

«Trovo questa cosa piuttosto inquietante» riuscì a dire,

stupendosi subito dopo di essere riuscito a pronunciare quella frase visto che aveva un nodo alla gola.

«Inquietante dici. Ti riferisci al fatto di avere di fronte la morte oppure al ben più triste fatto che io non possa mai specchiarmi? È un dramma per me perché non so mai se sono in ordine.»

George aveva appena realizzato di dover lasciare la Terra per essere condotto dalla morte nell'aldilà, quindi per una volta nella sua vita volle provare a mostrarsi coraggioso e disse: «Spendi il tuo tempo mietendo ora questa e ora quell'anima. Tutto sommato fai un lavoro monotono come il mio. Io non ti temo!».

«Ah! Si è destato il dormiente! Hai tirato fuori un po' di carattere e te ne do atto, ma sappi che sono puntualissima e molto scrupolosa. Seguo regole ferree e fino ad ora non ho mai mancato un appuntamento. Io esisto da sempre, ho conosciuto re, faraoni, grandi personaggi del passato, gente molto scaltra e preparata eppure nessuno di loro è mai riuscito a beffarmi.»

«Quindi non potrà riuscirci un semplice impiegato che avvita i tappi sulle confezioni di dentifricio.»

«Direi proprio di no. In effetti mi sono fermata qui per puro caso, avrei semplicemente dovuto sussurrarti qualche parola all'orecchio per portare la tua anima via con me. Ho spesso dedicato il mio preziosissimo tempo ai grandi leader della storia e a persone di un certo rango, ma questa volta ho voluto fare un'eccezione per vedere come reagisce alla morte un essere come te, dalla vita meschina e che nell'arco della sua esistenza non è mai riuscito a combinare nulla di buono. Devo dire che mi divertii molto nell'avere a che fare con gli imperatori romani e uno di loro quasi mi beffò, ma con te sarà tutto più semplice.»

«Prima mi hai chiesto: "Ti riferisci al fatto di avere di fronte la morte oppure al ben più triste fatto che io non possa mai specchiarmi?". Se è vero che segui regole ferree, sappi che mi hai posto una domanda, perciò rivoglio indietro una delle mie: ora non ne ho a disposizione cinque, ma sei!»

La signora si alzò in piedi di scatto. George si pentì di averla sfidata e temeva di aver appena bruciato ogni possibilità di rimanere sulla Terra.

«Interessante. Un uomo con un cervello avvizzito dalla routine quotidiana, uno che vive in un appartamento di periferia, uno che ha vissuto un'esistenza mediocre, mi ha appena fatto riflettere. Ho sempre preferito parlare con i grandi della storia prima di vederli abbandonare per sempre la Terra e invece ora mi rendo conto che avrei dovuto dare una possibilità anche agli esseri ordinari come te. Ti concederò di pormi sei domande, non una di più, dopodiché ti porterò con me nell'aldilà. Bada bene: io non posso mentire e sarò estremamente sincera. Per questo mi vengono rivolte le domande più disparate. C'è chi vuole conoscere il senso dell'esistenza umana, oppure in che modo si è originato il cosmo o, ancora, come finirà la vita sulla Terra.»

Sebbene George fosse conscio di dover morire e nonostante fosse stato definito dalla morte come un essere "ordinario", provava un profondo senso di soddisfazione.

Alla fin fine era stato l'unico a mettere in difficoltà quella signora usando la ragione.

"Più scaltro di un imperatore che ha conquistato con il suo esercito decine di Paesi" si ripeté più volte come per darsi coraggio, poi illudendosi di poter avere salva la vita pensò: "La cosa migliore da fare è non porre domande. In questo modo la morte se ne starà per anni su quella poltrona finché io diverrò anziano e sarò pronto a seguirla nell'aldilà. Sì, questa è la cosa migliore da fare. Devo continuare a parlare altrimenti capirà la mia strategia".

«È triste ripetere un'infinità di volte lo stesso lavoro. Vagare per millenni da un posto all'altro sempre mietendo anime» disse lui guardando il pavimento.

«Un mestiere come un altro e certamente è ripetitivo, ma non penso che tu ne faccia uno più edificante. Chissà se da giovane la tua vita era diversa.»

George incassò quel commento e cominciò a pensare alla sua giovinezza. A quel tempo era un ragazzo pieno di speranze per il futuro, non temeva né le malattie né la morte, poi era cresciuto e aveva dovuto fare i conti con le tempeste della vita che avevano finito per piegare il suo animo.

2

Dopo averci pensato un po', George si fece coraggio e propose di fare una passeggiata.

La morte si stupì di aver ricevuto quell'invito. Raccontò che nell'arco della sua antichissima carriera aveva incontrato miliardi di persone, con alcune di esse aveva conversato a lungo prima di impossessarsi della loro anima, con altre si era fermata a parlare appena. Invece in tristi occasioni, come quelle di una guerra, dove centinaia di vite si erano spente in un attimo, aveva dovuto correre da una parte all'altra proprio per la mancanza di tempo.

Una volta le era capitato di fermarsi a parlare con un colonnello di fanteria che era stato colpito al petto dalle schegge di una granata. Si trattava di un bell'uomo dai capelli corvini; la bocca carnosa e gli zigomi pronunciati lo facevano somigliare a un attore. Sapeva di dover morire, ma volle utilizzare solo una delle domande a sua disposizione per chiedere alla morte di abbracciarlo. Lei acconsentì e lo strinse forte a sé finché il suo cuore cessò di battere. Tale episodio turbò la morte perché con quell'uomo tra le braccia si era sentita per un istante valorizzata e non, come sempre avveniva, solo temuta.

Quando ebbe finito di narrare quella storia, la morte si alzò dalla poltrona e accettò l'invito di George.

I due uscirono dal palazzo incamminandosi verso il centro città. Mentre percorrevano un viale alberato ricoperto dalle foglie d'autunno, lui decise di raccontare qualche episodio del suo passato.

Da giovane la sua vita era stata piena di impegni, amava viaggiare e incontrare gli amici con cui condivideva la grande passione per gli scacchi, poi un giorno come un altro aveva conosciuto l'amore. A quel tempo si trovava in montagna per un'escursione quando udì qualcuno gridare. Non perse un momento e corse verso l'orlo di un burrone dal quale proveniva la voce dove trovò una donna aggrappata a una radice che stava lottando per non cadere nel vuoto. Proprio nell'istante in cui la radice cedette, riuscì ad afferrarle una mano e a trarla in salvo. Lei era in uno stato confusionale dovuto all'intensa paura e venne lasciata alle cure del personale sanitario giunto sul posto.

Il tempo passò e George non ebbe alcuna notizia della ragazza, ma un giorno la incontrò casualmente per strada e bastò uno sguardo per far scoccare tra i due la scintilla dell'amore. Lei lo riconobbe subito e lo ringraziò di cuore. Disse di chiamarsi Helene e di vivere non lontano da lì. George fu subito attratto dai suoi occhi color cielo che somigliavano a quegli spazi infiniti dove solo i bianchi gabbiani riescono a librarsi. Proprio come fosse uno di loro, George amava perdersi nello sguardo della ragazza il cui volto dai lineamenti delicati era incorniciato da setosi capelli castani. Passò del tempo, i due si sposarono e dopo qualche anno il loro amore crebbe a dismisura. Erano fatti l'uno per l'altra e addirittura quando lui cominciava una frase lei la completava; il fato sembrava davvero aver riunito due persone che sin dalla nascita sembravano destinate a vivere insieme. Lui usava chiamarla "raggio di sole" proprio per rimarcare il fatto che lei era sempre solare e gioviale, ma un giorno tutto cambiò.

A volte la vita mette di fronte alle persone ostacoli insormontabili ed è proprio quanto accadde a Helene, alla quale venne a mancare il padre a cui era affezionatissima. Da quel giorno il suo umore perse ogni accento brioso e pian piano mutò. Divenne scontrosa e nonostante amasse il marito cominciò a trattarlo male. In seguito al lutto del padre a "cascata" si susseguirono molti altri avvenimenti che contribuirono a mutare la personalità di Helene. Dopo qualche anno, la crisi economica indusse l'azienda per la quale lavorava a chiudere. In un primo momento il fatto di dover rimanere a casa non le dispiacque, ma in seguito cominciò a pesarle finché perse perfino il piacere di comprare un vestito nuovo. "A cosa serve? Tanto non esco mai!" si ripeteva spesso lei.

Cominciò a non truccarsi, a mangiare molto per compensare il senso di solitudine e a perdere ogni interesse per tutte le cose che un tempo la facevano stare bene come le passeggiate in montagna. George provava in tutti i modi a farla uscire, ma ogni volta riceveva un secco rifiuto. Con il tempo le cose peggiorarono, finché un giorno lei piantò in asso il marito accusandolo di non essere in grado di farle tornare il sorriso. La loro storia d'amore finì e George sperimentò per la prima volta un forte senso di solitudine. Spesso si domandava: "Dov'è finito il mio raggio di sole? Mi scaldava l'anima con i suoi sorrisi, faceva sorgere ogni giorno la gioia nel mio cuore, lo illuminava con la sua purezza, ma ora tutto è cambiato".

Soffrì molto per aver perso l'amore. Da quel momento in poi cominciò a nutrire un forte risentimento nei confronti della vita, il suo carattere si indurì e abbandonò il gioco degli scacchi finendo per ritirarsi in casa. A quel tempo occupava un posto di rilievo in una società di intermediazione creditizia, ma il suo carattere era talmente cambiato da non consentigli di reggere lo stress generato dal lavoro, perciò si licenziò e andò a lavorare nell'azienda di cosmetici. Aveva perso ogni interesse per la vita e siccome le disgrazie non vengono mai da sole, un giorno ricevette una telefonata da un amico che lo informò della morte improvvisa di Helene a causa di un male incurabile.

George scrisse su un diario un messaggio per la morte: "Ecco, questa è la vita, fatta di alti e bassi, di giorni sereni e altri burrascosi. Sarà forse per questo che a molte persone piacciono le storie a lieto fine? In qualche modo si identificano con i protagonisti pensando anche loro di poter affrontare ogni difficoltà a testa alta, poi arriva la morte e nessuna storia ha più un lieto fine. Fammi sapere quando arriverai così ti aprirò la porta".

Torniamo ora ai tempi recenti. In occasione dell'incontro con la morte nel suo appartamento, George dapprima aveva pensato di ingannarla per cercare di rimanere in vita il più possibile, ma in seguito si era ricreduto. Intendeva passare con lei un po' di tempo, giusto per fare la sua conoscenza, poi le avrebbe posto tutte le domande a sua disposizione e si sarebbe fatto portare via lasciando per sempre la Terra.

I lettori potrebbero pensare che questa è una storia triste come tante altre e invece ecco quali avvenimenti straordinari accaddero nella vita del nostro protagonista.

George e la morte stavano ancora percorrendo il viale alberato e lui aveva appena finito di raccontarle la storia della sua vita confessandole di amare ancora Helene.

A ogni passo della morte, come per incanto, il manto di foglie che ricopriva il suolo si apriva a destra e a sinistra per consentirle di procedere. Era come se le foglie fossero consapevoli di aver abbandonato l'albero e di non poter vivere a lungo, eppure volevano godersi ancora un po' di sole. Forse per questo, quasi per magia, cercavano di evitare di essere sfiorate dalla morte che le avrebbe fatte avvizzire subito.

«Immagino tu voglia chiedermi qualcosa George» disse lei guardandolo intensamente.

«Puoi provare emozioni? Sei felice?»

«Mi hai posto due domande e non posso credere che tu non l'abbia fatto di proposito. Molto strano, te ne restano quattro. Perfino chi nel corso della vita mi ha desiderato ardentemente, quando arriva il momento di donarmi l'anima, ci ripensa supplicandomi di concedergli ancora un po' di tempo. L'istinto di conservazione della specie è potentissimo e anche in quelle persone in cui sembra spento, alla fine, nell'ultimo istante, comincia a brillare. Sei speciale George.»

«Accetto il complimento, ma sono impaziente di ricevere le risposte ai miei quesiti.»

La morte sospirò e rispose: «Sì, posso provare emozioni e nonostante la maggior parte delle persone pensi che io sia sempre triste, in realtà sono felice. Il mio compito è importantissimo, libero le persone dell'involucro mortale e mi prendo cura della loro anima. Mi piace spesso usare la metafora della radice.»

«Qual è la metafora della radice?»

«Hai posto un'altra domanda, ora te ne restano solo tre. Vedi, tutte le persone in un modo o nell'altro si affezionano alla vita. Perfino chi dice di detestarla, in realtà in un angolo del suo cuore la ama. Funziona così la natura, ciò non si può cambiare. Dopo aver mietuto così tante anime posso affermare con certezza che, come ti dicevo, all'ultimo istante le persone non vogliono andarsene, è come se rimanessero aggrappate a una radice per non cadere nel vuoto.»

Il parallelismo tra la radice e la vita portò George a pensare alla sua Helene che mentre si trovava in montagna era stata salvata da morte certa proprio da una radice.

3

I due giunsero in una piazza dove si stava svolgendo il mercato e la morte indicando un signore anziano disse: «Morirà tra due anni a causa di un incidente d'auto».

Indicando una signora di mezza età aggiunse: «Lei se ne andrà per una malattia tra ventuno anni».

«Ne deduco che tu hai un'agenda piena di impegni» disse George sorridendo «come mai mi stai dedicando tutto questo tempo?»

«Hai appena posto una domanda, te ne rimangono solo due. Ebbene, ecco la mia risposta: la tua storia mi ha incuriosita.»

«Che strano, eppure avrei giurato di aver avuto una vita meno interessante di quella di un re o di un grande personaggio del passato. Mi sbaglio?»

«Ti rimane solo una domanda a disposizione e mi sorprende il fatto che tu voglia lasciare la Terra. Per rispondere al tuo quesito: sono le persone a giudicare le cose come belle o brutte, oppure un imperatore come magnanimo o crudele, una legge equa o iniqua e così via. È vero, sulla Terra c'è chi ha più e chi meno, chi ha una storia interessante e chi non ha fatto nulla di speciale, ma tutte le persone hanno una cosa in comune: desiderano ottenere qualcosa.»

A George quella risposta sembrò piuttosto vaga, ma preferì non replicare.

Dopo aver a lungo camminato, i due giunsero su una spiaggia di sabbia bianca dove George si sdraiò a terra, deciso a porre la sua ultima domanda. Era stato felice di aver incontrato la morte e pensava fosse giusto finire la sua vita proprio mentre scrutava il cielo.

«Sono in attesa di ascoltare cos'altro vorrai domandarmi. A questo punto mi aspetto che tu mi chieda di poter vivere qualche giorno in più. Potrei accontentarti e farti vivere anche uno o due anni, proprio in virtù del fatto che la tua storia mi ha toccato il cuore» disse lei.

«Chi sei tu veramente?» domandò George suscitando enorme stupore nella morte. Non si aspettava quella domanda che nessuno le aveva mai rivolto. Non potendo mentire, fu costretta a rivelare la sua identità.

«Sono il tuo raggio di sole» disse tutto d'un fiato. D'improvviso i suoi capelli divennero castani e gli occhi assunsero i colori del cielo.

«Helene!» esclamò lui inginocchiandosi di fronte alla donna che aveva tanto amato.

Lei si mise a piangere dicendo: «Non doveva andare così, non capisco».

Subito dopo i due si abbracciarono così forte da far quasi

fermare il mondo intorno a loro. Il tempo sembrò arrestarsi, il vento si placò e perfino il più piccolo granello di sabbia rimase immobile. Anche le onde cessarono di agitarsi e l'acqua smise di riflettere i raggi solari.

Non appena le loro labbra si unirono, le leggi della fisica tornarono a dominare il mondo riconducendo quasi ogni cosa alla normalità, fatta eccezione per le onde che rimasero ancora un momento a osservare i due amanti.

Entrambi i cuori tentarono invano di placare l'insaziabile sete d'amore e in un vuoto gravido d'attesa, Helene disse: «Mi pento di quel che ti ho fatto passare in vita, ma l'animo umano è così mutevole e fragile».

«Ma come…» provò a dire lui riuscendo a stento a credere di avere di fronte Helene.

«Avrai mille domande per la testa e a molte di esse non so nemmeno rispondere. Vedi, nell'immaginario collettivo si pensa alla morte come un qualcosa di immutabile, come a un'entità che vaga in eterno in cerca di anime da mietere. In verità la morte racchiude in sé il concetto di infinito e non è possibile definirla usando la logica, tantomeno comprenderla tramite la finitezza dell'umano ragionamento.»

«Non ti seguo.»

«Non puoi, ma proverò a spiegarmi. Quando si muore la nostra anima viene mietuta da una persona che si è amata in vita e che a sua volta ha lasciato la Terra da tempo. Non ho ben capito come funziona tutto ciò, ma sapevo di dover sottostare a regole precise come quella di non poter mentire. Inoltre ero a conoscenza del fatto di doverti porre delle domande e poi condurti nell'aldilà. Avevo la facoltà di donarti più tempo da trascorrere sulla Terra se solo me lo avessi chiesto, ma tu hai voluto conoscere la mia vera identità. Non è mai successo in tutto l'arco della storia. Chiunque poneva domande sul mondo e le sue leggi, sul futuro e su tanti altri argomenti, ma mai è stato chiesto alla morte di rivelare la sua identità. Per qualche ragione a me sconosciuta, ho avuto anche l'opportunità di viaggiare nel tempo e conoscere Re e Imperatori.»

«Perciò la morte non è rappresentata, come molti credono, da un'entità ma da una collettività. Riesco a malapena a comprendere questo concetto. Tutti la impersonano per tornare sulla Terra dai propri cari un'ultima volta e condurre le loro anime nell'aldilà.»

Helene annuì e i due si baciarono ancora. In quel momento i loro corpi si trasformarono in foglie d'autunno dorate, proprio come quelle che rivestivano il manto stradale dove erano passati in precedenza. Volteggiando nel cielo si librarono leggere verso l'orizzonte fino a sparire in un raggio di sole che timidamente si stava ritirando dal mondo sulla linea del tramonto.

Il segreto dell'immortalità

1

Victoria Smith era una reporter affermata e mai avrebbe immaginato di dover condurre una delle più importanti interviste della storia. La sua carriera era iniziata quando era ancora giovanissima. A quel tempo frequentava l'università e mentre si stava recando a sostenere un esame, venne notata per caso da un produttore televisivo. Le disse che stava cercando un'attrice per interpretare il ruolo di una giornalista in uno spot pubblicitario e che Victoria per via della sua alta statura, degli occhi color nocciola e dei lunghi capelli biondi ondulati, sembrava proprio la persona adatta.

Lei sulle prime esitò, ma poi accettò l'offerta. Da quel giorno cominciò la sua carriera perché non appena fu trasmesso lo spot pubblicitario, venne nuovamente notata dal capo di redazione di una nota emittente televisiva che la contattò offrendogli la possibilità di fare uno stage. Grazie alle sue buone doti personali e aiutata anche dalla rimarchevole cultura enciclopedica acquisita nel tempo, Victoria raggiunse pian piano la vetta divenendo una conduttrice e una reporter di successo. All'inizio della sua carriera era stata fortunata, ma aveva il merito di essersi sempre saputa giocare le carte nel modo migliore. Un giorno il suo capo la chiamò offrendole la possibilità di condurre un'intervista che sarebbe stata trasmessa in mondovisione e lei chiaramente accettò con entusiasmo.

Vediamo cosa accadde in alcuni Paesi nel giorno dell'intervista.

In un'antica abitazione situata alle porte di Londra, i coniugi Grant erano riuniti a cena e stavano guardando la televisione. Lui era talmente rapito dalle immagini da fermarsi con il cucchiaio della minestra a mezz'aria, lei invece tratteneva il respiro come se stesse in apnea proprio per non perdere nemmeno una delle parole pronunciate da Victoria che in quel momento si stava rivolgendo al pubblico. «Amici telespettatori stiamo trasmettendo in mondovisione e oggi, giovedì 12 agosto 2026, credo proprio che la vita di ognuno di noi cambierà in modo radicale. Preparatevi ad ascoltare l'annuncio del secolo.»

Nello stesso momento a Tokyo un'altra famiglia era riunita davanti al televisore e rimaneva in attesa di sentire dalla viva voce della conduttrice quanto stava per rivelare. Victoria continuò a parlare al mondo. «In questo storico giorno che verrà ricordato per moltissimi anni, ci sentiamo innanzitutto di ringraziare l'equipe multidisciplinare guidata dalla dottoressa Isabella Fontaneda, scienziata specializzatasi presso l'università spagnola De Leon, che è riuscita a fare una grande scoperta.»

Dall'altra parte del mondo e più precisamente nell'ospedale africano di Dakar, buona parte del personale medico era riunito all'interno di una sala per ascoltare l'annuncio della giornalista che stava continuando con tono solenne il suo discorso. «Ora sentiamo dalla viva voce della dottoressa Fontaneda cosa può dirci della sua scoperta e soprattutto quali ricadute questa avrà sulla vita di ogni essere vivente. Prima di darle la parola volevo ringraziarla per aver trovato il tempo di essere qui con noi oggi.»

«Sono orgogliosa di poter raccontare a lei e al mondo cosa mi ha condotto a raggiungere un risultato di portata epocale. Mi preme chiarire che il merito non è solo mio, ma anche dell'equipe formata dagli scienziati provenienti da vari Paesi» rispose la scienziata guardando la commentatrice.

«Certamente, a loro va tutta la nostra riconoscenza.»

Isabella cominciò a spiegare cosa aveva scoperto. «Inizialmente abbiamo studiato alcune specie di pesci, poi siamo passati alle lucertole e alle salamandre per cercare di capire quali processi rigenerativi consentono alla coda, ai nervi ottici e alla pelle di ricrescere.»

«A questo punto siamo curiosi di sapere dove vi ha condotto la vostra ricerca.»

«Arrivo subito al punto. Quando una lucertola perde la coda si avvia un processo di vasocostrizione per evitare che l'animale muoia dissanguato, subito dopo il numero di alcune cellule aumenta a dismisura e viene rilasciata la metalloproteasi…» rispose la scienziata fissando con i suoi profondi occhi neri la telecamera.

«Comincio a non seguirla.»

«In poche parole il tessuto linfatico, cartilagineo, nervoso e adiposo si riforma…»

«Ora mi sono totalmente persa. Vicino a lei mi sento come una studentessa universitaria al suo primo esame» disse Victoria sorridendo.

L'altra annuì mostrando di essere divertita dalla battuta della conduttrice.

«Cercherò di evitare qualsiasi spiegazione tecnica per essere più chiara. In pratica non siamo riusciti a trovare un modo per rigenerare gli arti negli esseri umani, ma abbiamo capito come evitare che le cellule invecchino.»

«Mi sta dicendo che potrei rimanere giovane per sempre?» chiese la conduttrice con tono professionale, ma allo stesso tempo scherzoso.

«Sì, proprio così. In un primo momento siamo riusciti a mettere a punto una sostanza chiamata N295341 che sebbene all'inizio sembrasse funzionare sui topi da laboratorio, successivamente provocava delle crisi di rigetto. Apportando quindi delle modifiche alla formula siamo riusciti a mettere a punto un altro prototipo denominato W811852. Lo abbiamo testato sugli animali, poi anche sugli esseri umani e stante i risultati ottenuti l'efficacia è del cento per cento.»

«Interessante. Siamo giunti al momento più importante di questa intervista. Immagino che il pubblico a casa sia curioso di sapere dove l'ha condotta la sua rara intelligenza. Cosa può dirci al riguardo?»

Isabella diventò subito rossa. Era una persona introversa

e non amava i complimenti perché la imbarazzavano. Non si riteneva una donna attraente e mai aveva badato alla cura del corpo, tantomeno ora che si trovava alla soglia dei cinquant'anni. I capelli grigi e il suo inseparabile camice bianco le conferivano l'aspetto di una persona saggia. Dopo un momento di esitazione rispose alla domanda dell'intervistatrice. «Come ho accennato prima, siamo in grado di interrompere il processo degenerativo delle cellule umane.»

«In poche parole, avete scoperto una sorta di fonte della giovinezza?»

«Lo confermo, il processo di rigenerazione cellulare si avvia nel momento in cui la nostra sostanza entra in circolo nel corpo. Nessun essere umano invecchierà più.»

Victoria continuò l'intervista ponendo altre domande per capire in che modo sarebbe stata distribuita la sostanza all'intera umanità, tuttavia Isabella non sapeva come rispondere perché ciò non rientrava nell'ambito delle sue competenze e di questo se ne sarebbero occupate apposite commissioni. Si trattava di un cambiamento epocale perché numerose sarebbero state le ricadute in ambito sociale, economico e politico.

I mesi passarono e "l'elisir dell'eterna giovinezza", così rinominato per praticità dai mass media, venne commercializzato. Inizialmente una dose costava più o meno quanto dieci case di lusso e solo pochissime persone sulla Terra poterono permettersi di acquistarla; tra loro c'erano cantanti, attori e personaggi dello spettacolo. Di lì a poco nacque un movimento che intendeva opporsi alla diffusione della sostanza perché secondo il suo portavoce "rappresentava un'aberrazione e un modo per stravolgere le leggi naturali". In ogni angolo del pianeta i dibattiti infiammarono le aule di tribunale, ma alla fine l'utilizzo dell'elisir non fu vietato, seppur rimase ad appannaggio di poche persone.

Il tempo passò. Dopo cinque anni dall'intervista a Isabella il mondo si trovava ancora diviso in due tra chi era a favore dell'elisir e chi si dichiarava contrario; trascorsero altri sei anni e la fazione dei contestatori cominciò a perdere consensi a causa di un'intervista andata in onda in mondovisione. Ancora una volta Victoria era nei panni dell'intervistatrice e Isabella in quelli dell'intervistata.

«Dottoressa Fontaneda, sono passati undici anni dall'ultima volta che ci siamo incontrate. Può dirci a che punto siamo con la distribuzione dell'elisir dell'eterna giovinezza?»

«Non pensavo che gli esseri umani potessero avere opinioni discordanti su un argomento così importante come quello della preservazione della vita. Negli ultimi anni ho ricevuto minacce di morte, molti laboratori sono stati dati alle fiamme e la situazione in alcune città è addirittura sfuggita di mano.»

«Ha utilizzato su di sé l'elisir?»

«Non ancora» rispose Isabella, arrossendo come al solito per l'imbarazzo.

«Posso chiederle come mai? Teme forse eventuali effetti collaterali?»

«Non sono stati registrati effetti collaterali. Ho preferito aspettare per motivi personali, ma sono fermamente convinta della sua validità. Lei invece sembra averne fatto uso.»

Victoria sorridendo ammise di essersene procurata una dose, ma non specificò come fosse riuscita a entrarne in possesso. Il suo viso appariva esattamente come quello di undici anni prima, nessuna nuova ruga era comparsa sul bordo degli occhi o sulle gote, i capelli biondi ondulati non avevano perso la loro lucentezza e, in generale, dava davvero l'impressione di essere in forma smagliante.

In seguito a quell'intervista molti telespettatori, tra i quali anche i più scettici riguardo all'elisir, cambiarono opinione perché poterono constatarne gli effetti benefici sul corpo di Victoria. Fino a quel momento poche persone erano riuscite a iniettarsi una dose dell'elisir e quando lo avevano fatto alcune di loro erano già in là con l'età quindi gli effetti non erano molto visibili, ma su Victoria si potevano notare chiaramente.

Il partito degli oppositori perse molti simpatizzanti e quando i prezzi dell'elisir cominciarono a scendere, sempre più persone decisero di utilizzarlo. I primi a fare le spese di questo cambio di tendenza furono i chirurghi plastici, le industrie produttrici di cosmetici e quelle farmaceutiche. I corpi di coloro che avevano usato l'elisir erano perfettamente funzionanti e non avevano bisogno di medicine, tantomeno di trattamenti di bellezza. Come conseguenza di ciò, la società divenne sempre più abitata da persone di bell'aspetto. Gradualmente anche le case per anziani cominciarono ad avvertire la crisi, così come i dentisti e chiunque lavorasse nell'ambito della salute.

Altri mercati invece stavano facendo affari d'oro come quello dei finanziamenti. Le persone, infatti, si indebitavano fino al collo pur di potersi permettere di acquistare il prodotto che gli garantisse la vita eterna, inoltre anche i crimini aumentarono in modo esponenziale perché c'era chi tentava di procurarsi il denaro con ogni mezzo.

I telegiornali erano pieni di notizie di furti operati ai danni dei genitori da parte dei figli e viceversa: il mondo sembrava sprofondato nel caos.

In generale l'economia rimase fiorente in quasi tutti i Paesi e l'umore delle persone arrivò alle stelle perché raramente si assisteva a qualche funerale e la possibilità di stare per sempre accanto ai propri cari stava gradualmente divenendo una certezza per ognuno. Pian piano le nonne, pur rimanendo giovani, divennero bisnonne e addirittura trisnonne; sembrava proprio che la morte fosse stata sconfitta. I centri ricreativi, così come gli alberghi, in ogni stagione registravano il tutto esaurito, di contro però ci fu una grossa crisi nel sistema pensionistico perché nessuno abbandonava il proprio posto di lavoro, non c'era alcun avvicendamento di incarichi e la disoccupazione crebbe; per risolvere questo problema si cominciarono a costruire centinaia di nuove abitazioni per ospitare la sempre più numerosa popolazione e la fiorente industria edilizia creò molti nuovi posti di lavoro.

2

La popolazione mondiale stava crescendo esponenzialmente, i governi non avendo alcun turnover faticavano a cambiare linea politica: nessuna società si stava più evolvendo.

In Europa si arrivò al punto di non dare la concessione edilizia a chi chiedeva di costruire un edificio composto da appartamenti con tre camere da letto. I vecchi palazzi e le ville vennero demoliti per far spazio a grattaceli così alti che per buona parte della giornata non consentivano a chi si trovava in strada di scorgere il sole. Le aree urbane e quelle rurali finirono per unirsi dando vita a enormi città che dopo un po' non bastarono a contenere milioni di abitanti.

Le risorse del pianeta cominciarono a scarseggiare perché la produzione di massa le aveva utilizzate quasi tutte. I politici di vari Paesi si riunirono per trovare una soluzione, ma ogni loro incontro si rivelò infruttuoso; alcuni proposero di porre un limite alle nascite, altri invece erano del parere che fosse un errore quello di impedire alle persone di avere dei figli. Furono vagliate varie proposte, ma non si arrivò ad alcuna soluzione. Si decise solo di riversare i rifiuti nelle tante zone desertiche del pianeta, in più vennero costruiti migliaia di razzi per mandare nello spazio gli scarti industriali. In questo modo la natura poté trovare un po' di pace, ma non per molto perché l'elevato numero di veicoli inquinanti stava progressivamente avvelenando l'aria.

Quando anche le zone rurali furono riempite di grattacieli si pensò di passare a occupare i parchi naturali e dopo un'aspra battaglia tra chi sosteneva l'ambiente e chi intendeva risolvere i problemi di spazio, si arrivò a un accordo: sarebbe stata occupata solo la metà dei parchi naturali. Furono abbattuti molti alberi e costruiti nuovi grattacieli dotati di pannelli solari in grado di produrre abbastanza energia elettrica per soddisfare il fabbisogno di chi vi abitava. Il suolo dell'Africa fu invaso dal cemento e lo stesso accadde in altri continenti dove il numero degli abitanti era piuttosto esiguo se paragonato a quello delle grandi città che, in alcuni casi, avevano assunto le dimensioni di interi Stati. La fauna del pianeta si stava estinguendo, molti animali non avendo più una casa si erano rifugiati nelle poche aree verdi rimaste, ma una dopo l'altra anche queste cominciavano a sparire.

Un ingegnere belga ebbe l'idea di costruire delle piattaforme negli oceani per permettere l'edificazione di nuovi grattaceli. Il progetto fu approvato e intere distese d'acqua si popolarono di edifici alti trenta piani.

Il mondo pian piano venne ricoperto dal cemento. Perfino in cima alle montagne si potevano scorgere i grattaceli. Il costo di un appezzamento di terra era diventato proibitivo per la maggior parte della popolazione mondiale, quindi per consentire l'edificazione di più edifici venne utilizzato tutto il territorio dei parchi naturali, tuttavia in Italia c'era un posto che rimaneva intatto e chiaramente attirava l'attenzione degli imprenditori. Si trattava di un'area naturale chiamata Camosciara situata tra i comuni italiani di Pescasseroli, Civitella Alfedena e Opi, costituita da montagne di rocce calcaree e dolomie che facevano da cornice a valli incantate dove i cervi e i camosci erano liberi di vivere indisturbati. Lì, in una casa immersa nel bosco, viveva un uomo di nome Riccardo che si era sempre rifiutato di iniettarsi l'elisir dell'eterna giovinezza. Quando andava a fare la spesa gli capitava di incontrare la signora Geltrude, una donna di mezza età che gestiva l'unico negozio di generi alimentari della zona. Pur essendo nata prima di Riccardo, la signora aveva un aspetto più giovane di lui e spesso gli diceva: «Perché non fai come me e ti inietti l'elisir? Potresti startene nella tua casa per mille anni!».

Lui si limitava a sorridere, cercando così di evitare di affrontare quell'argomento. Era un uomo dal carattere forte, amava la montagna e tutti gli animali che ogni tanto gli facevano visita. Una volta si era perfino ritrovato dentro casa un orso attirato lì dall'odore del gulash, un piatto a base di carne, lardo, cipolle, carote e altri ingredienti che Riccardo spesso amava preparare per pranzo.

Di tanto in tanto gli agenti immobiliari si presentavano a casa sua chiedendo se fosse intenzionato a vendere parte della proprietà, ma in cambio ricevevano dei colpi di fucile caricato a sale.

«Ve l'ho già detto! Non vendo!» urlava agli agenti che ogni volta si davano alla fuga correndo come lepri. Riccardo era un tipo di sani principi, amava la natura e per questo aveva deciso di costruirsi la casa nel bosco ancora prima che l'elisir dell'eterna giovinezza venisse scoperto. Disponeva perfino di una vasca con le trote, di una piccola dependance e di una mirabile collezione di oggetti militari che custodiva nella taverna. Tutte le sere si preparava da mangiare e ascoltava i canti alpini che narravano la gloriosa storia di uomini che avevano compiuto atti eroici tra le montagne. La voce di quei canti si propagava nel bosco per andare a sfidare il silenzio che aleggiava tra gli alti fusti degli alberi e dopo aver girovagato un po' tra i cristallini ruscelli della Camosciara, si ritirava dignitosamente in attesa di tornare la sera successiva.

Riccardo passava il tempo a camminare tra le montagne e ad occuparsi della manutenzione della casa, invece quando non era impegnato a riparare il generatore di corrente o la staccionata, amava scrivere poesie. Al mattino presto si sentiva particolarmente ispirato, scrutava spesso il cielo quando ancora era vestito di stelle, rimanendo in attesa di salutare l'alba e il tepore dei suoi primi raggi dorati.

In paese lo consideravano un tipo eccentrico perché nessuno mai si sarebbe sognato di attendere per ore il sorgere del sole, ma Riccardo dava poco peso alle chiacchiere; non viveva come un sacrificio il fatto di alzarsi presto, ma come un mutuo scambio di favori tra un sole desideroso di illuminare le montagne e un uomo impaziente di ricevere la sua luce.

Il tempo passò e parte della Camosciara venne dichiarata zona edificabile. In breve tempo le costruzioni la riempirono e a Riccardo furono offerte cifre astronomiche pur di convincerlo a vendere la sua proprietà; gli venne addirittura prospettata la possibilità di fare una permuta: in cambio della casa nel bosco gli avrebbero dato un grattacelo, due automobili di lusso e una pensione di diecimila euro al mese. Tale proposta gli venne presentata da due uomini con indosso abiti costosissimi. Sulle prime lui non rispose nulla e sparì dentro casa. I due erano convinti che fosse andato a preparare le valigie, ma si dovettero ricredere quando dopo poco furono bersagliati dai colpi del fucile caricato a sale. Riccardo non cedeva, ma i due elegantoni non ci stavano a perdere e urlarono: «Sappiamo che non vuole assumere l'elisir! Aspetteremo pazientemente la sua morte!».

Come tutta risposta ottennero altri colpi di fucile. Il tempo passò e la splendida vista delle sue amate montagne fu rovinata da un grattacelo edificato in prossimità del torrente che scorreva a valle.

Una mattina un veicolo di grossa cilindrata si presentò al cancello della casa nel bosco e chiaramente fu accolto dal boato del fucile del padrone di casa. Una signora dai capelli bianchi sventolò un fazzoletto dal finestrino chiedendo di entrare.

«Non vendo!» rispose lui con tono seccato, sgranando i suoi vispi occhi marroni.

«Non sono qui per farle alcuna proposta di acquisto. Sono Isabella Fontaneda, la scienziata che ha messo a punto il W811852.»

«Cosa? Non capisco cosa vogliano dire tutti questi numeri!»

«Mi riferisco all'elisir dell'eterna giovinezza.»

Riccardo si avvicinò chiedendosi cosa mai volesse da lui quella scienziata. «A cosa devo la sua visita?»

«Vede, io sono cresciuta in campagna e come potrà immaginare ho accumulato grandi ricchezze ma ora non so che farmene, piuttosto vorrei trascorrere del tempo in uno dei pochi spazi verdi ancora presenti sul pianeta. Le sarei grata se potesse ospitarmi per qualche giorno.»

Il padrone di casa non amava ospitare sconosciuti, lui stesso si definiva un orso solitario, ma era un uomo buono. Inoltre aveva bisogno di fondi per mantenere la sua proprietà anche perché di recente un avvocato al soldo di una società edile era riuscito a far aumentare le tasse proprio in quella zona. Una casa con terreno era ormai considerata un bene di lusso che pochi si sarebbero potuti permettere e forse Isabella Fontaneda avrebbe potuto aiutarlo.

Riccardo stentava a credere che un personaggio così illustre come Isabella avesse deciso di presentarsi da lui. Accettò di farla entrare, ma le disse che l'avrebbe ospitata solo per qualche giorno, aggiungendo: «Potrà sistemarsi in mansarda, il pranzo è alle dodici in punto mentre la cena è alle sette. Alle nove spengo il generatore e se avrà bisogno della luce dovrà usare le candele».

«Grazie.»

«Ah, un'altra cosa. I cellulari prendono poco qui. Per passare il tempo le consiglio di leggere i libri, sempre che esistano ancora.»

«Veramente non esistono più. Tutto è digitale, però io ho studiato sui testi di una volta.»

"Alla fine anche lei ha usato l'elisir" pensò Riccardo cercando di indovinare quanti anni avesse la scienziata.

Il pranzo a base di arrosticini fu servito nel bosco dove accanto a una piccola fontana d'acqua cristallina c'erano un tavolo di pietra e un piccolo camino.

Isabella trovò molto suggestivo mangiare in quel luogo

anche perché nel resto del pianeta gli alberi erano quasi spariti del tutto e l'ossigeno era prodotto da generatori installati sulla cima dei grattaceli. In lontananza si poteva udire il rumore delle automobili, ma giungeva ovattato, come se i fusti degli alti alberi lo ostacolassero per preservare e difendere la pace che regnava in quel luogo dove la vita ancora scorreva seguendo un ritmo naturale.

3

Durante il pranzo Riccardo non disse una parola. Si limitò piuttosto a mangiare e a lanciare le ghiande agli animali selvatici che avevano trovato rifugio nel suo bosco per sfuggire all'avanzata dei grattacieli.

«È incredibile vedere da vicino così tanti cervi, camosci e scoiattoli» disse Isabella con l'intento di intavolare un discorso, ma constatando come l'altro non intendeva rispondere, aggiunse: «Potrebbe avere tutto quel che desidera. Sono convinta che le abbiano offerto una fortuna per il suo bosco, eppure non lo ha mai ceduto. Posso chiederle come mai?».

Come tutta risposta Riccardo indicò un cartello di legno affisso poco distante da lì con su scritto: "Apro solo se bussa l'orso".

Isabella non si diede per vinta e provò nuovamente a dire: «In fondo tutti desiderano una macchina di lusso, un appartamento con la temperatura controllata, un grande televisore, la piscina e tante altre cose».

«Signora, qui si collezionano ricordi, non oggetti» si

limitò a rispondere Riccardo poco prima di avviarsi verso casa dove rimase per il resto della giornata. Giunse la sera e gli animali selvatici si radunarono come di consueto davanti alla taverna come se anche loro volessero ascoltare i canti alpini. Isabella trovò sul tavolo la cena composta da una trota alla griglia e patate lesse. Per avviare un discorso con il padrone di casa, decise di narrare la sua storia. «Sono cresciuta in campagna e mi ricordo di quanto fosse bello salire sugli alberi per mangiare i loro frutti, così come correre nei prati o guardare ogni giorno il tramonto. Qui mi sembra di essere a casa e questo è senza dubbio l'ultimo baluardo che ancora resiste alla cementificazione.»

Improvvisamente, proprio come farebbe una diga che non riuscendo più a resistere alla furia dell'acqua rompe i suoi argini, Isabella si mise a piangere. Tra i singhiozzi disse: «Io non volevo! Non pensavo finisse così! Intendevo migliorare la vita degli esseri umani offrendogli la possibilità di vivere per sempre e invece ho distrutto il pianeta!».

Fece una pausa. «Mi sento responsabile per aver cambiato il mondo e averlo condotto alla fine. La verità è che mi trovo qui per chiedere scusa all'unica persona che ancora non ha ceduto al sibillino richiamo del progresso. Là fuori tutti mi venerano come fossi una divinità, ma io sono stanca di ricevere doni, soldi, inviti ad eventi prestigiosi e via dicendo.»

Fece un'atra pausa in attesa di ricevere un feedback che però non arrivò. Decise quindi di chiedere: «Come mai non ha utilizzato l'elisir?».

Riccardo non rispose, poi cominciò a cantare una

canzone degli alpini.

«Non vuole rispondermi? Perché canta?» chiese stizzita Isabella.

L'altro continuò come se non l'avesse sentita e quando ebbe finito, disse: «A quest'ora io canto sempre. Qui ogni cosa segue un ritmo naturale, non lo dimentichi».

«Cantare alla stessa ora ogni giorno la fa stare bene?»

«Sì e per lo stesso motivo non ho mai pensato di vendere la mia proprietà. Vede, io ho sempre preso le distanze da ciò che fa la massa. Se molti vanno in una direzione, io vado dall'altra parte, allo stesso modo se tutti usano l'elisir, io preferisco invecchiare.»

«Ah, ho capito! Lei è un rivoluzionario!»

«Tutt'altro! Direi proprio il contrario. Nella mia mente conservo i ricordi di una vita e non di mille vite come oggi capita a chi è immortale. I miei ricordi però sono vividi e non si perdono tra altri milioni come fossero gocce nel mare. Io ho già tutto quel che desidero e cioè le mie montagne, le poesie, i canti alpini, la mia casa: qui sono veramente libero e non ho alcun bisogno di accumulare oggetti per sentirmi realizzato. Nel mondo moderno sembra che la felicità sia legata solo al possesso delle cose materiali, ma non è così, perché in realtà si trova nel cuore di ognuno di noi.»

Isabella rimase profondamente colpita dalle sagge parole pronunciate dal suo interlocutore.

«Non mi ha ancora detto come mai si è sempre rifiutato di usare l'elisir.»

«Credo di averle già risposto, ma se vuole posso essere

più chiaro. Quanto accade fuori da qui certamente mi turba, ma preferisco vivere con i miei ricordi che sono il vero segreto dell'immortalità. In questo modo posso immaginare di vedere ancora l'alba nonostante il grattacelo che ostacola la luce del sole, oppure l'amico orso che mi omaggia della sua presenza. Se lasciassi questo posto certamente porterei con me i ricordi, ma non sarebbero così vivi e piano piano si spegnerebbero soffocati anche loro dal peso di un'aria artificiale prodotta dai generatori installati in cima ai grattacieli.»

Questa volta Isabella rimase in silenzio, meditando su quanto aveva appena ascoltato. Dopo poco decise di ritirarsi nella sua stanza e mentre saliva le scale si pentì di aver utilizzato l'elisir. "Riccardo ha ragione: il segreto dell'immortalità non sta nel vivere per sempre, ma nel non dimenticare mai."

La mattina seguente la colazione fu servita di fronte alla porta principale dell'abitazione, proprio accanto al pennone su cui sventolava la bandiera italiana.

Isabella consumò il caffè senza dire una parola. Poco prima di salire in macchina per lasciare quel posto ringraziò Riccardo dicendogli che ora aveva le idee chiare e aggiunse: «Parlare con lei è stato illuminante e penso di poter rimediare. Per il nostro pianeta c'è ancora speranza. Le invierò una cosa e sono sicura che saprà come utilizzarla. Grazie di cuore».

Il padrone di casa annuì, ma non parlò.

Dopo qualche mese alcuni avvocati riuscirono a far sospendere la pensione di Riccardo. Tutto sembrava perduto perché egli non avrebbe avuto abbastanza soldi per mantenere la proprietà. Una mattina, mentre armeggiava con un apparecchio radio che gli ricordava il suo passato da radioamatore, udì un gran baccano provenire dalla strada. Afferrò il fucile affacciandosi dalla finestra e non poté credere ai suoi occhi: migliaia di sacchi di iuta erano stati scaricati da vari camion nel piazzale. Nonostante l'assordante rumore dei veicoli che a fatica stavano tentando di invertire la marcia per lasciare la proprietà, un autista urlò: «Non ho idea di cosa abbiamo trasportato, mi hanno pagato per scaricare questi sacchi pieni di qualcosa e per portarle una busta!».

Porse al padrone di casa una busta da lettere e si congedò da lui. Inizialmente Riccardo pensò che si trattasse di qualcuno che stava nuovamente tentando di mandarlo via, poi però aprì la busta e lesse quanto in essa contenuto: era un messaggio da parte di Isabella.

Passarono due mesi durante i quali intorno alla proprietà lavorarono incessantemente numerose ruspe. Una mattina Ricardo si alzò e vide filtrare un raggio di sole dalla tenda del salone, allora corse nel piazzale dove ancora erano accumulati i sacchi e poté rivedere l'alba: gli operai stavano demolendo la sommità del grattacielo! Le lacrime gli rigarono il volto e proprio in quel momento molto intimo in cui un uomo solitario e il sole sembravano essersi ritrovati come fossero vecchi amici, gli animali uscirono dalle loro tane e si avvicinarono per vedere la luce.

«Si comincia!» disse con tono fermo Riccardo mentre andava a prendere la pala. Trascinò un sacco in fondo alla strada proprio dove un tempo c'era una lingua d'asfalto a due corsie e constatò come ora al suo posto vi fosse solo terra smossa. Aprì il sacco, ne estrasse una manciata di ghiande e cominciò a sotterrarle. Nei giorni seguenti fece lo stesso lavorando incessantemente, trascinando i sacchi verso valle. Il rumore delle macchine era cessato, ogni edificio era sparito e alla Camosciara sembrava tornato il silenzio di un tempo.

Una sera decise di rileggere il messaggio che Isabella gli aveva fatto recapitare dal camionista: "Grazie Riccardo per avermi aperto gli occhi! Nei sacchi troverai semi e ghiande per far crescere gli alberi, sono sicura che saprai farne buon uso. Ci vorrà molto, ma la Terra guarirà. Hai sempre avuto ragione tu: per divenire davvero immortali non occorre vivere per sempre, ma circondarsi di cose semplici. I ricordi sono il vero segreto dell'immortalità. Gli esseri umani stanno colonizzando un altro pianeta dove potranno cominciare una nuova vita, questa volta però senza distruggere la natura. Ho speso tutti i miei risparmi per costruire delle navi spaziali in grado di portare gli abitanti della Terra lontano da qui. Solo pochi di loro hanno scelto di rimanere. Ho anche dato ordine alle ruspe di liberare ogni area dalla presenza dei grattacieli. Inoltre ho creato un antidoto che annulla gli effetti dell'elisir e ho scelto di usarlo su di me. Grazie per avermi dato l'opportunità di rimediare ai miei errori: ora davvero vivrò per sempre anche se non con il corpo".

Da quel momento in poi gli animali che si erano rifugiati nella proprietà della Camosciara cominciarono a riprendersi le loro tane. Riccardo invece passava le giornate a coordinare numerosi gruppi di volontari che erano impegnati a lavorare per far crescere nuovi boschi in ogni angolo del Paese. A lui si erano unite migliaia di persone che avevano scelto di non abbandonare il pianeta e di iniettarsi l'antidoto che annullava gli effetti dell'elisir.

Man mano che i grattaceli cadevano, i detriti venivano inviati nello spazio. Senza tutto quel peso la Terra stava respirando di nuovo!

Quando ormai il movimento composto dai volontari era cresciuto a tal punto da non richiedere più la presenza di Riccardo, lui si ritirò alla Camosciara dove visse per sempre pur non essendo immortale.

Colloquio con il destino

1

Questa è la storia di Winston Jack Autacher, un uomo buono e dall'animo gentile che trascorse buona parte della sua vita all'interno di un ospedale che sorgeva alle porte di Londra. La madre era di origine scozzese e svolgeva la professione di infermiera mentre il padre discendeva da una famiglia inglese e scriveva per un giornale locale. Ancor prima che il piccolo nascesse, i due ebbero una discussione sul nome da dargli.

«Potremmo chiamarlo Jack, come mio papà» disse lei al marito.

«Olivia, ne abbiamo già parlato, dovrà chiamarsi Winston come il Primo ministro britannico.»

«Thomas, vorrei che almeno considerassi la mia proposta» rispose lei mentre si legava i lunghi capelli castani.

I due trovarono un punto di incontro decidendo di dare entrambi i nomi al piccolo. Nonostante ciò, in futuro tutti avrebbero chiamato quel bambino semplicemente Winston.

Facciamo un passo indietro per vedere in quali particolari circostanze i due si incontrarono. Olivia veniva da una famiglia benestante originaria di Edimburgo. Durante la Seconda guerra mondiale si era dedicata a curare i soldati feriti, assistendoli negli ospedali e nelle tende allestite nelle retrovie. L'incontro con Thomas era avvenuto in modo del tutto casuale.

Un giorno fu colpito alla gamba mentre era di ritorno da una missione e venne portato in una scuola adibita a ospedale dove Olivia prestava servizio come infermiera. Il chirurgo di turno che avrebbe dovuto operare il soldato ferito, fu colto da un malore e nessun altro sembrava poterlo sostituire, perciò fu chiesto a Olivia di occuparsene. Sebbene lei non si sentisse in grado di eseguire alcuna operazione chirurgica, cambiò idea quando constatò che Thomas stava per morire. Decise di armarsi di coraggio e, guidata via radio da un chirurgo che si trovava lontano da lì, portò a termine l'intervento.

Il soldato sopravvisse, perciò quando si riprese volle personalmente ringraziare l'infermiera. Non appena la vide si perse nella limpidezza dei suoi occhi azzurri e rimase a osservarla in silenzio.

"Non riesce a parlare per via della morfina?" si domandò lei constatando a sua volta quanto quel soldato fosse attraente. Si trattava di un giovane dalle spalle larghe con i lineamenti marcati, ma regolari. Gli occhi azzurri e i capelli biondi gli davano un aspetto angelico, quasi innocente.

«Come sta?» chiese Olivia tentando di rompere il ghiaccio, ma il carattere introverso del soldato gli impediva di parlare. Dopo un momento di imbarazzante silenzio lei scosse la testa e si allontanò rapidamente.

Il giorno successivo Olivia fu trasferita in un altro edificio, invece Thomas dopo la convalescenza fu dimesso e i due si persero di vista. Evidentemente il loro destino era scritto nelle stelle perché alla fine della guerra si incontrarono per caso durante una parata militare.

«Si ricorda di me?» chiese Thomas cercando di vincere la sua timidezza.

«No, non ricordo di averla conosciuta» rispose Olivia mentre agitava le mani per salutare i soldati in parata. In realtà sapeva bene chi fosse quell'uomo e sin dal momento in cui l'aveva incontrato nella drammatica circostanza dell'operazione chirurgica, non era riuscita a smettere di pensare a lui.

«Sono il soldato a cui ha salvato la vita.»

«Ah, sì, mi ricordo di lei! Vedo che ha riacquistato la parola!»

Thomas sorrise e la invitò a fare una passeggiata; con il passare del tempo ne seguirono molte altre finché un pomeriggio i due si fermarono sotto l'ampia chioma di una quercia per scambiarsi le loro promesse d'amore. Dopo sei mesi decisero di sposarsi in una piccola chiesetta di campagna optando per una cerimonia modesta.

Le speranze di vivere in un mondo migliore animavano i nostri due innamorati così come milioni di persone che sulla spinta di un forte entusiasmo dovuto alla fine di un periodo buio come quello della guerra, amavano fare progetti per il futuro. I rispettivi lavori di infermiera e di scrittore non gli consentivano di percepire un salario sufficiente per affrontare tutte le spese mensili e di pagare l'affitto del piccolo appartamento dove vivevano; nonostante ciò i due erano felici perché l'amore li appagava a tal punto da indurli a ritenere il denaro come una cosa accessoria. Dopo qualche tempo, in un grande ospedale alla periferia di Londra, Olivia partorì un bambino a cui sin da subito dedicò ogni suo respiro.

Sulla culla era stata apposta un'etichetta con scritto: "Winston Jack Autacher - 7 pounds – Trattamento Speciale". Il neonato aveva l'ittero che dava alla sua pelle una colorazione giallastra e per questo doveva essere tenuto in osservazione. Il piccolo rimase in ospedale per tre settimane e la mamma si prese sempre cura di lui, anche grazie al prezioso aiuto fornitole da una collega e amica d'infanzia di nome Lucy che lavorava lì da lungo tempo.

«Grazie Lucy, apprezzo molto il tuo aiuto» disse Olivia con sincero slancio.

«Figurati, per me è un piacere. Ti considero come una sorella.»

«Mi imbarazza un po' chiedertelo, ma vorresti fare da madrina al battesimo di Winston Jack?»

L'altra sorrise, lanciandole uno sguardo con i suoi profondi occhi neri e rispose: «Dopo tutti questi anni che ci conosciamo ancora provi imbarazzo nel chiedermi una cosa così semplice? Certamente sarò la sua madrina e sono felice che tu abbia pensato a me».

Lucy era una persona leale e dal carattere mite. Sebbene dovesse svolgere solo le mansioni di infermiera, la sua versatilità l'aveva portata a occuparsi di tante altre cose e a volte gli stessi medici le si rivolgevano per chiederle un parere su una diagnosi. Aveva molta esperienza e i suoi modi gentili le davano la possibilità di essere ben accolta da tutti. Curava molto la divisa che era sempre impeccabile così come i suoi capelli rossi raccolti meticolosamente dietro la nuca.

Thomas entrò nella stanza d'ospedale e dopo aver salutato caldamente Lucy, propose alla moglie di andare a Londra.

«Mi piacerebbe molto» rispose lei «però non mi sento di lasciare qui nostro figlio.»

«Staremo via solo un paio d'ore. Penso ti faccia bene uscire e poi ho in serbo una sorpresa per te.»

Con fatica Thomas era riuscito a risparmiare qualche soldo per portare la moglie a mangiare in un ristorante e passare un po' di tempo con lei. Lucy le consigliò di accettare l'invito dicendo: «Vai pure, mi prenderò io cura del piccolo, in fondo hai diritto di stare con tuo marito. Svagarti ti farà bene».

Olivia la ringraziò e accettò l'invito del marito con il quale si avviò verso l'uscita. I due stavano percorrendo con la macchina la strada che li avrebbe condotti a Londra, quando l'autista di un camion ebbe un colpo di sonno e urtò il loro veicolo facendolo precipitare in un dirupo. Purtroppo per la coppia non ci fu scampo.

Lucy apprese la notizia il giorno successivo. Inizialmente non voleva crederci, ma in seguito fu costretta ad accettare la dura realtà. Nonostante fosse estremamente addolorata per l'accaduto, trovò la forza per reagire e volle prendersi cura di Winston. In quel modo le sembrava di rendere omaggio alla memoria dei coniugi scomparsi, inoltre, se non se ne fosse occupata lei, il bambino sarebbe finito in un orfanotrofio perché sia Thomas che Olivia non avevano alcun parente che potesse prendersene cura.

Dopo un po' l'ittero scomparve, ma Lucy non poté portare il bambino a casa con sé. Svolgeva lunghi turni lavorativi sia di notte che di giorno e non avrebbe saputo a chi lasciarlo, perciò, con il benestare ufficioso del primario, decise di farlo rimanere in ospedale. Il tempo passò e il bimbo iniziò a camminare. Quando Lucy era di turno non riusciva a prendersi cura di lui, ma poteva contare sull'aiuto delle sue colleghe. Nel sottoscala dell'ospedale, non lontano dalle fornaci dell'impianto di riscaldamento, c'era una stanza adibita a magazzino che fu ripulita dagli infermieri e assegnata a Lucy e al piccolo. Il tempo passò e Winston compì sei anni. Tutto il personale conosceva la storia del bambino e alcuni medici gli si erano affezionati a tal punto da passare con lui molto tempo per insegnargli a leggere e a scrivere. Dal canto suo egli era felice perché poteva giocare nei corridoi dell'ospedale e tutti lo coccolavano.

Per il giorno del suo compleanno il primario organizzò una festa nel reparto di pediatria alla quale parteciparono non solo i pazienti, ma anche i dipendenti dell'ospedale. Tutti indossavano cappellini colorati e applaudivano il piccolo che ricambiava quelle attenzioni regalando sorrisi.

Non era semplice vivere senza genitori, ma Winston riceveva tutto l'amore del mondo ed era felice. Un giorno rubò una garza all'anestesista e cominciò a correre per il corridoio. Due infermieri provarono a fermarlo, ma riuscì abilmente a evitarli scivolando sul pavimento in mezzo alle loro gambe e usando un carrello con le ruote come fosse un monopattino. Alla fine della corsa si nascose nel ripostiglio delle scope in un'ala dell'ospedale in disuso facendo perdere le sue tracce. Lì aveva accumulato "i suoi tesori" così come egli li definiva che consistevano in vari strumenti chirurgici, cerotti, garze, ritagli di articoli di giornale e tanto altro.

Qualche tempo dopo un signore egiziano ricoverato nel reparto di geriatria, gli raccontò la storia delle piramidi e fu proprio allora che Winston maturò la decisione di travestirsi da mummia per far ridere i bambini ricoverati nell'ospedale; si avvolse tutto il corpo con le bende lasciando solo due fessure per gli occhi e cominciò a girare per il reparto di pediatria conciato in quel modo.

La sua idea funzionò talmente bene che il piccolo capì quale fosse la sua missione: bisognava portare un po' di allegria a chi era ricoverato in ospedale. Spesso se ne andava in giro travestito da pagliaccio facendo ridere sia i bambini che gli anziani. La sua routine giornaliera consisteva nel fare i compiti al mattino grazie all'aiuto dei medici o di Lucy, poi andava nelle cucine a mettere in atto una delle sue scenette per ricevere qualcosa da mangiare e incassare l'applauso dei cuochi, subito dopo gironzolava nei vari reparti dove passava il tempo scherzando con tutti. Non avvertiva la mancanza dei genitori perché gli sembrava di avere cento mamme e cento papà. In effetti Winston era diventato una celebrità e ovunque andasse riceveva piccoli regali o apprezzamenti. Il suo aspetto contribuiva a farlo benvolere da tutti perché sia i grandi occhi azzurri che i capelli biondi lo facevano somigliare a uno di quegli angioletti che gli artisti del passato erano soliti dipingere sulle cupole delle chiese.

La sua presenza in ospedale non era un mistero e la voce si sparse a tal punto che un giorno si presentarono all'accettazione due ispettori intenzionati a prelevare il piccolo per condurlo in un orfanotrofio.

2

Lucy fu avvertita della presenza degli ispettori e volle nascondere il bambino. Da una parte pensava fosse giusto che il piccolo vivesse una vita normale fuori dall'ospedale, dall'altra però l'alternativa di farlo crescere senza l'affetto di nessuno in un orfanotrofio non le piaceva affatto; in effetti tutto il personale dell'ospedale aveva simbolicamente adottato il piccolo e vi si era affezionato. Dal canto suo Winston non aveva mai visto il mondo e nel ripostiglio delle scope aveva tappezzato il muro con ritagli di giornale pieni di articoli e foto riguardanti le grandi città e i parchi naturali. Sognava di viaggiare e di vedere altri posti, ma al contempo era spaventato dal fatto di dover affrontare un mondo che non conosceva. Da quando era nato non aveva mai lasciato l'ospedale, in fin dei conti ci si trovava bene e lo aveva definito "il suo angolo di paradiso sulla terra".

Gli ispettori cominciarono a chiedere in giro, ma il personale medico negò di essere a conoscenza della presenza di Winston; perfino il direttore sanitario disse di non sapere nulla, ma fu un paziente anziano a fare la spia. Si chiamava Abel ed era ricoverato in ospedale per via di una frattura al femore. Conosceva Winston perché un paio di volte si era fermato a parlare con lui e sebbene non intendesse nuocergli perché gli sembrava proprio un bravo bambino, riteneva che dovesse vivere la sua infanzia in modo spensierato fuori dalle quattro mura dell'ospedale.

Gli ispettori scoprirono la stanza nel sottoscala, ma nonostante i loro sforzi non riuscirono a trovare il bambino da nessuna parte perché lui se ne stava rannicchiato dentro il vano di una fornace spenta. Dopo lunghe infruttuose ricerche smisero di cercarlo e se ne tornarono a mani vuote da dove erano venuti.

Il tempo passò e Winston compì dieci anni. Per l'occasione l'ospedale fu addobbato a festa, ma proprio quando il cuoco stava per sfornare la torta, due ispettori seguiti da trenta agenti di polizia irruppero dall'ingresso principale.

Per due giorni fu perlustrata ogni stanza, ogni sala operatoria e qualsiasi altro locale, ma ancora una volta Winston non venne trovato.

«State solo dando retta alle parole di un anziano rincitrullito!» disse ai due ispettori l'addetto alla manutenzione della cucina.

«Ne è convinto? In città tutti sanno della presenza del ragazzo. La voce si è sparsa e il nostro compito è quello di condurlo in orfanotrofio.»

Nel frattempo Winston se ne stava rannicchiato nel garage all'interno del bagagliaio della macchina di Lucy che andò da lui non appena le acque si furono calmate.

«Se ne sono andati, puoi uscire.»

«Questa volta c'è mancato poco, grazie mamma» rispose lui abbracciandola. Sin da piccolo aveva cominciato a chiamarla "mamma" e lei, che nella vita non aveva avuto figli, ne era stata sempre molto contenta.

Il rischio che gli ispettori mandassero degli agenti sotto copertura al reparto era alto, quindi il direttore sanitario impedì a Winston di mettere in atto le scenette divertenti che era solito fare e gli ordinò di starsene nella sua stanza. Per un periodo ciò funzionò, ma il bambino si annoiava tremendamente, quindi in modo discreto ricominciò a gironzolare qua e là. In occasione del suo sedicesimo compleanno gli fu concesso di seguire i medici mentre facevano il giro dei reparti per visitare i pazienti. Grazie alla sua innata curiosità ascoltava attentamente i dialoghi dei dottori e memorizzava ogni cosa, fino al punto da riuscire a formulare una diagnosi in pochi minuti.

Un giorno i medici stavano visitando i pazienti e avevano appena ipotizzato che un signore di mezza età avesse l'appendicite. Winston per la prima volta si fece avanti e dopo aver palpato l'addome del paziente disse: «Non è appendicite, piuttosto si tratta della sindrome del colon irritabile».

«Quali erano gli accordi? Niente pareri» lo redarguì il primario con tono affettuoso.

Il ragazzo rimase in silenzio, però successivamente si scoprì che la sua diagnosi era corretta. Quando il nostro protagonista compì diciannove anni decise di andare a scoprire il mondo e in un momento molto toccante salutò ogni singola persona impiegata nell'ospedale. Il cuoco con le lacrime agli occhi riuscì a dirgli: «Sono contento per te, ma bada bene perché là fuori troverai molte persone cattive che cercheranno di fregarti. Mi mancherai».

«Me la caverò, ma grazie per il consiglio. Sognerò le tue torte di mele.»

Il ragazzo guardò Lucy che gli aveva dato le chiavi del suo appartamento dove più tardi si sarebbero dovuti incontrare.

Tutto il personale era radunato nella hall dell'ospedale e stava osservando quella scena in silenzio. Winston prese la valigia e lentamente si avviò verso la porta a vetri girevole attraverso la quale si poteva scorgere il taxi che lo stava aspettando con il motore acceso.

Dall'interno della hall si vedevano i giardinieri lavorare intorno alle siepi e se si rimaneva in silenzio si riusciva perfino a distinguere il rumore generato dalla fontana situata proprio di fronte all'ingresso. A un certo punto un autobus frenò bruscamente per evitare di investire un pedone, subito dopo un borseggiatore cominciò a correre con un portafoglio in mano. L'assistere a quelle scene turbò a tal punto Winston che decise di tornare indietro.

"Andrò via da qui tra qualche giorno" si disse, mentre il

personale dell'ospedale lo accoglieva amorevolmente congratulandosi con lui per la decisione presa. Alcuni infermieri scuotendo la testa si scambiarono delle banconote perché avevano scommesso sul fatto che il ragazzo sarebbe rimasto lì.

Winston fece ritorno alla vita di sempre. Alcuni dottori gli comprarono dei libri di medicina e lo aiutarono a studiare. Era dotato di una grande intelligenza e riusciva ad apprendere rapidamente ogni concetto. Con il passare del tempo divenne talmente bravo nel fare diagnosi, da essere considerato il punto di riferimento dei medici dell'ospedale che spesso si rivolgevano a lui per ricevere pareri.

Il direttore sanitario stava per andare in pensione e decise di assumere il ragazzo per premiare il suo talento. Proprio allora Lucy fu colpita da una malattia al cervello. Winston passava intere giornate in corsia accanto a lei mostrandole le foto scattate anni prima che lo ritraevano mentre si divertiva a giocare a nascondino con gli infermieri, ma la donna non lo riconosceva più e gli si rivolgeva usando un tono formale. Lo chiamava "giovanotto" ed era convinta che fosse uno dei tanti infermieri di quel reparto. Winston la trattava sempre con amore cercando di non farle mai mancare nulla e fu proprio quando ormai alla donna rimanevano pochi minuti di vita che lo riconobbe.

«Piccolo mio! Sogno di vederti fuori da qui.»

«Mamma!»

«Dovresti farti coraggio e andare per il mondo.»

«Io...» rispose il ragazzo mettendosi a piangere. Quel giorno Lucy morì e con lei se ne andò anche un pezzo di cuore del suo figlio adottivo.

Passarono altri ventidue anni e Winston conobbe l'amore. Un giorno si trovava nel reparto di traumatologia e incontrò Cathy, una donna della sua stessa età con lunghi capelli biondi e limpidi occhi celesti. Era stata assunta come infermiera da poco tempo e non conosceva la storia di Winston perché parte del personale era andato in pensione mentre chi ancora era in servizio preferiva non parlarne per mantenere il riserbo.

Al momento delle presentazioni, lei domandò: «Anche tu sei stato assunto qui di recente?».

«In un certo senso sì.»

«Come mai i medici ti chiedono sempre consigli?»

«Si fidano di me, poi lavoro molto e da qui non esco spesso. Ho visto così tanti pazienti nella mia vita da poter scrivere un libro al riguardo. Potrei intitolarlo: sai quando entri, ma non sai quando esci» rispose lui con tono ironico.

Cathy rimase per un momento perplessa, poi scoppiò a ridere.

«Questa è bella! Dovresti fare il comico!»

Nei mesi successivi i due passarono molto tempo insieme e lei si innamorò non solo dell'aspetto fisico di Winston, ma anche della sua cultura enciclopedica. In campo medico conosceva ogni cosa e passava le giornate a dare consigli ai dottori che da una parte erano felici di riceverli, mentre dall'altra provavano una forte invidia per quell'uomo molto preparato che in fondo non era nemmeno un medico.

Winston condusse Cathy nel ripostiglio delle scope per

mostrarle i suoi "tesori". Lei rimase piacevolmente colpita da quel posto che sembrava un museo dove erano conservati strumenti medici ormai in disuso da anni. Lì, era come se il tempo si fosse fermato e forse smise davvero di scorrere nel momento in cui i due unirono le labbra per baciarsi appassionatamente.

Le raccontò la sua straordinaria storia e sebbene Cathy sulle prime stentò a crederci, in seguito si convinse. Lei gli affibbiò il soprannome di "Piccolo bambino dell'ospedale", mentre lui cominciò a chiamarla "Piccola luna".

Passarono due anni da quel momento così intimo e i due cominciarono a parlare di matrimonio, ma quando Winston realizzò che per vivere con la sua amata avrebbe dovuto lasciare l'ospedale, il suo umore cambiò.

«Se mi ami esci da qui. Come puoi pensare di vivere con qualcuno se stai chiuso in queste quattro mura?»

«Hai ragione, ma sono combattuto. Non è semplice, io sono nato qui e non ho la più pallida idea di come sia fatto il mondo là fuori.»

«Ti aiuterò a scoprirlo!» esclamò lei guardandolo con occhi pieni di speranza.

Un giorno Winston decise di fare un tentativo per uscire dall'ospedale e con Cathy si recò nella hall. La folla che anni prima si trovava lì per salutarlo quando per la prima volta aveva provato ad allontanarsi, era ora ridotta a pochi medici anziani e qualche infermiere. Pian piano, infatti, il ricordo del ragazzo nato in ospedale andava sparendo tra il personale che ora era composto perlopiù da nuovi assunti.

Si fermò davanti alla porta girevole e scosse la testa. Non

riusciva a lasciare quelle quattro mura. Cathy su questo era stata categorica: «O esci da qui o non ci sposiamo».

Lei gli tese la mano guardandolo intensamente, ma dopo qualche minuto si rese conto che Winston non sarebbe uscito da lì, così si licenziò e lasciò l'ospedale.

3

Il tempo passò e Winston compì cinquantadue anni. Nel giorno del suo compleanno solo due anziani infermieri gli prepararono una piccola festicciola e nonostante lui si sforzasse di sorridere, un'ombra fece la comparsa sul suo viso: Cathy gli mancava molto e non c'era nulla che potesse consolarlo.

Nel momento in cui doveva spegnere le candeline sulla torta, uno strano individuo si presentò alla porta.

«Mi chiamo Destino e devo essere ricoverato» disse l'uomo agitando un talloncino verde ricevuto all'accettazione. Mostrando un orologio da taschino le cui lancette scorrevano al contrario, aggiunse: «In effetti sono in ritardo, dovevo essere qui alle dodici in punto, ma ora sono le undici, spero possiate perdonarmi».

Gli infermieri pensarono di avere di fronte qualcuno poco sano di mente perché stava dicendo cose senza senso, quindi annuirono per fare in modo di assecondarlo.

Winston spense le candeline e accompagnò nella sua stanza quel signore dall'aspetto eccentrico. Indossava un cappotto lungo marrone impreziosito da decori in stile orientale, le scarpe erano abbinate al maglione grigio con lo scollo a V sotto il quale spuntava una camicia bianca con una cravatta rossa indossata al contrario. Perfino il fazzoletto che fuoriusciva dal taschino del cappotto era riposto sottosopra. La valigia che aveva al seguito sembrava molto consumata, così come il lungo foulard verde che stringeva in una mano.

«Non ho mai conosciuto nessuno che si chiamasse Destino.»

«Davvero? Lei come si chiama?»

«Winston Jack.»

«Sono qui per incontrare proprio lei.»

«Cosa intende dire?» rispose l'altro aprendo la porta di una stanza ben illuminata.

«Avremo tempo per parlare di questo.»

«Lei è un ispettore?» chiese Winston con tono preoccupato.

L'eccentrico uomo rise fragorosamente. «Ho la faccia da ispettore? Chi le dava la caccia è ormai rinchiuso in un ospizio o è morto e sepolto. Se intende sapere chi sono, si metta comodo.»

L'altro rimase senza parole e cominciò a pensare di avere di fronte un indovino.

«Winston Jack, io faccio una vita ritirata e difficilmente parlo con le persone, ma per lei ho fatto un'eccezione. La sua straordinaria storia mi ha impressionato.»

«Quale storia?»

«Smetta di fingere. So tutto di lei, dei suoi veri genitori e di Lucy.»

Winston non si sarebbe mai aspettato di conoscere qualcuno che, all'infuori del personale impiegato presso l'ospedale, fosse a conoscenza della sua storia. Non sapendo cosa dire preferì uscire dalla stanza, lasciando Destino da solo.

Il giorno seguente tornò lì e trovò l'eccentrico uomo mentre armeggiava con l'orologio.

«Buongiorno Winston Jack Autacher. Come sta oggi?»

«Buongiorno. Ho letto la sua cartella clinica e pare che lei si trovi qui per essere operato al cuore.»

«Proprio così e le possibilità di sopravvivere all'intervento sono poche.»

«Come fa a saperlo?»

«Variabili, si tratta di variabili» rispose Destino che notò l'espressione confusa dell'altro, poi aggiunse: «Vede signor Autacher, tutti gli esseri umani fanno in continuazione delle scelte e anche se optano per rimanere in casa a oziare, dovranno fare i conti con il destino».

Winston si sentiva ancora confuso, perciò chiese: «Mi sta dicendo che quanto accade nella vita di ogni essere umano dipende da scelte ben precise? Se è così non sono d'accordo perché alle volte capitano delle cose che sfuggono al nostro controllo e che non derivano da una scelta».

«Vedo che lei comincia a comprendere e questo è un bene. Mi permetta di correggerla. Prenda ad esempio quanto le è capitato. La morte dei suoi genitori non è dipesa da un'azione che lei ha scelto di mettere in atto perché all'epoca era appena nato, tuttavia quanto è accaduto loro è derivato dalla decisione di uscire dall'ospedale quel giorno.»

L'acuta intelligenza di Winston lo portò ad afferrare immediatamente il concetto, pertanto chiese: «Quindi qualsiasi cosa che accade nella vita di ogni essere umano dipende da una scelta personale oppure da una scelta operata da altri o, ancora, dal destino?».

«Esattamente. Mi permetta ora di mostrarle come ha agito il fato.»

Destino gli prese la mano invitandolo a chiudere gli occhi. Subito nella mente di Winston apparvero le immagini della madre che dopo aver partorito aveva deciso di lasciare l'ospedale per seguire il marito in città, poi quelle del camion che aveva urtato il veicolo dei genitori facendolo precipitare in un dirupo. La sera precedente il camionista si era fermato a parlare fino a tardi con un amico dei problemi che aveva con la moglie alcolizzata. Per questa ragione il giorno seguente si era messo alla guida del camion nonostante avesse molto sonno e proprio quando si trovava per strada si era addormentato causando l'incidente che fu fatale ai genitori del piccolo Winston.

Successivamente apparvero le immagini della moglie del camionista di nome Rachel che aveva cominciato a bere alcolici in seguito alla perdita del suo lavoro di commessa in un magazzino di abbigliamento. Era stata licenziata perché una cliente si era lamentata con il manager di essere stata trattata male da Rachel. In realtà lei aveva solamente detto alla cliente che non era possibile applicare uno sconto su un prodotto, ma l'altra che era dotata di un carattere collerico ereditato dalla madre, aveva cominciato a trattarla in modo scortese finendo poi per rivolgersi al manager.

Le immagini cambiarono ancora e mostrarono la cliente del negozio di abbigliamento mentre, ancora bambina, veniva rimproverata dalla madre in modo così duro da chiudersi in sé stessa e sviluppare un carattere instabile e collerico.

Destino lasciò le mani di Winston e disse: «Potrei andare avanti e mostrarle le immagini della madre della cliente che aveva sviluppato a sua volta un caratteraccio perché al momento della nascita era stata abbandonata dai genitori in un orfanotrofio dove aveva passato un'infanzia terribile. Se poi volessi continuare, potrei mostrarle anche altre immagini di persone vissute in epoche differenti che, seppur indirettamente, hanno avuto a che fare con l'incidente avvenuto ai suoi genitori».

Winston sospirò profondamente. «Ho capito. Quanto accade nella vita di ognuno di noi ha una spiegazione ben precisa che il più delle volte sfugge alle persone.»

«Proprio così. Dopo tutte queste considerazioni potrà meglio comprendere come sia importante dare un'educazione alle nuove generazioni. Mettere al mondo delle persone equilibrate influenzerà il destino di migliaia di individui. Dare il buon esempio ai propri figli, farli crescere con amore, insegnargli a distinguere il bene dal male e fargli amare la cultura, dovrebbe essere il compito di tutti i genitori. Purtroppo nella società attuale i doveri genitoriali vengono disattesi perché a volte sono proprio i figli a trovarsi nella paradossale condizione di dover educare i genitori che non sono affatto una guida per loro.»

La conversazione con Destino si stava rivelando

interessante e Winston ben presto capì dove l'avrebbe condotto.

In quel momento entrò un medico che visitò Destino consigliandogli di riposare, poi uscì per recarsi in un altro reparto.

L'eccentrico uomo disse: «Vede signor Autacher, quel medico lavora qui ma se avesse vinto la sua timidezza ricambiando le attenzioni di una ragazza che molti anni fa frequentava il suo stesso college, dopo qualche tempo l'avrebbe sposata. Si sarebbe poi trasferito in un altro Stato trovando un posto come ricercatore e avrebbe scoperto la cura per il male del secolo. Ecco, io conosco la storia di tutti gli abitanti della Terra e non ha idea di quanto a volte basti davvero poco per mutare il destino di una persona».

«Stento a crederle. Quanto mi sta raccontando sembra impossibile.»

Destino lo invitò a seguirlo facendogli un gesto con la mano. I due arrivarono nella sala d'aspetto dove si trovava una donna di mezza età con lo sguardo triste.

Destino le chiese: «Sta aspettando l'esito dell'operazione di suo marito Robert?».

«Come fa a saperlo? È un medico?»

«In un certo senso sì. Comprendo il suo dolore e anche le sue perplessità in merito alla procedura chirurgica. Inoltre si sta chiedendo cosa sarebbe successo se lei avesse consigliato a suo marito di rimanere a casa anziché di andare a lavorare. Questa mattina lui lamentava un forte mal di testa, ma lei era in attesa di ricevere un'amica a casa e non voleva Robert tra i piedi, quindi gli ha consigliato di andare al lavoro dove si è infortunato usando uno strumento per levigare il marmo.»

La donna singhiozzando rispose: «Non so come fa a saperlo, ma è andata proprio così! Mio marito riuscirà a cavarsela?».

«Sì signora e avrete un figlio, ma si ricordi di non regalargli una motocicletta per il suo sedicesimo compleanno.»

Lei gli lanciò uno sguardo perplesso perché non aveva ben compreso cosa egli avesse voluto dirle con quell'ultima frase.

«Signor Autacher» disse Destino avviandosi verso il corridoio «generalmente non intervengo nella vita delle persone dicendo loro cosa è accaduto in passato o cosa accadrà in futuro, ma in questo caso ho fatto un'eccezione per mostrarle di cosa sono capace. Il mio è un mestiere difficile perché nella vita di ogni essere umano succedono ogni giorno centinaia di cose che in base agli eventi o alle decisioni prese, possono cambiare il futuro. Considerando che sulla Terra vivono miliardi di persone, potrà ben immaginare quanto io sia impegnato.»

«Capisco. Ora può arrivare al dunque? Quale sarà il mio destino?»

«Oh, non le serve certo il mio aiuto per riuscire a scoprirlo. Lei morirà in questo ospedale dove nessuno si ricorderà della sua storia. Un giorno alcuni operai addetti a demolire questo posto troveranno il ripostiglio delle scope nell'ala dell'ospedale in disuso dove lei ha passato molto tempo. Si chiederanno chi l'ha tappezzato di articoli di giornale, ma poi ne cancelleranno ogni traccia.»

«Mi sta consigliando di uscire da qui?»

«Assolutamente no, le sto solo prospettando una situazione che potrebbe verificarsi in seguito alle sue scelte. Per me non fa alcuna differenza, può rimanere qui o uscire immediatamente.»

Winston rimase a osservare Destino mentre percorreva il corridoio per fare ritorno nella sua stanza.

L'indomani lo andò a trovare, ma Destino non era più lì perciò chiese notizie del paziente al dottore che lo aveva visitato il giorno precedente e ottenne la seguente risposta: «Destino è un nome bizzarro, comunque nessuno ha occupato questa stanza nelle ultime due settimane».

Winston pensò di aver avuto una specie di allucinazione. Concluse che un personaggio come quello di Destino sarebbe potuto esistere solo nei libri di fantasia o nei film di fantascienza.

Quella stessa notte sognò Destino e il mattino seguente si svegliò di soprassalto dicendo: «Lo sapevo! Si è trattato solo di un sogno! Qui non ha mai messo piede nessuno con quel nome strambo. Era troppo strano per essere vero».

Per togliersi ogni dubbio si recò all'accettazione. Proprio come immaginava gli fu confermato che nessun paziente con quel nome bizzarro aveva mai soggiornato nell'ospedale.

Passarono gli anni e Winston celebrò con i colleghi il pensionamento, ma nonostante ciò continuò a svolgere il suo lavoro senza ricevere alcuna retribuzione. A fine turno faceva finta di andare via, ma in realtà se ne tornava nella sua stanza dove passava la notte.

Un giorno come un altro, mentre a fatica stava camminando nel corridoio, vide un volto familiare: Cathy, la donna che aveva amato anni prima e che avrebbe dovuto sposare, si trovava proprio davanti a lui.

Lei gli si avvicinò e, in un momento molto toccante, lo abbracciò forte.

«Ciao, Piccolo bambino dell'ospedale» mormorò la donna.

«Ciao, Piccola luna.»

Ella gli raccontò di aver avuto due figli da un uomo che solo dopo il matrimonio si era rivelato un poco di buono e in seguito a vari eventi spiacevoli se ne era separata. Si trovava in quell'ospedale per ritirare delle analisi e dato che era lì, si era chiesta se Winston fosse riuscito ad andarsene.

Sebbene il volto di entrambi fosse pieno di rughe, gli occhi erano ancora in grado di emanare la stessa luce di un tempo. I due rimasero a parlare nella sala d'aspetto per ore e quando sopraggiunse la sera, lei disse di dover tornare a casa. Con la voce rotta dall'emozione sussurrò: «Nel mio cuore c'è sempre stato un posto per il Piccolo bambino dell'ospedale ed è incredibile di come le situazioni si ripetano. Se tu volessi seguirmi potremmo pensare di vivere insieme gli ultimi anni della nostra vita».

Inizialmente l'idea di vivere con Cathy lo rese felice, ma come sempre il timore di uscire dall'ospedale ebbe la meglio. Scosse la testa, sospirò profondamente e si commosse.

Lei annuì e disse sottovoce: «Ti capisco. Quando guarderò fuori dalla finestra ti immaginerò qui e penserò a noi».

Si avviò silenziosamente nel corridoio con il volto rigato dalle lacrime, ma quando giunse nella hall si sentì chiamare da Winston che aveva con sé una valigia.

Lui non disse una parola, le prese la mano stringendola forte e non appena varcò la porta girevole, respirò profondamente stupendosi di quanto l'aria fosse fresca. A quel punto compì un passo in avanti, poi un altro ancora, fino ad allontanarsi con Cathy dall'ospedale.

Winston ripensò a quello strano sogno il cui protagonista era Destino e mormorò: «Tutto accade per una ragione».

Quel giorno Winston Jack Autacher scelse di seguire il suo destino sebbene non sapesse quali sorprese gli avrebbe riservato.

Il mondo dei bambini

1

Questa non è una storia come tante e non lo dico per cercare di incuriosire i lettori, ma per metterli in guardia. In effetti, al di là dell'aspetto puramente narrativo, quanto segue cela tra "le righe" una morale. Non si tratta di qualcosa che cambierà dal giorno alla notte la vita di chi riuscirà a coglierla, però offrirà la possibilità di estrapolare dal testo un significato per creare nella mente delle bellissime immagini. Tutto ciò sarà possibile grazie alla magia racchiusa nella lettura.

Fatta questa breve premessa, passerei a narrare la storia di un mondo che è stato radicalmente cambiato da un uomo ambizioso e assetato di potere di nome Peter Abrams che dalla Grecia si era trasferito negli Stati Uniti. Un giorno come un altro, egli se ne stava in finestra a osservare la città di New York mentre veniva percossa dall'assordante suono delle sirene della polizia. "Doveva andare così per l'umanità, ora sono ricco e questa è l'unica cosa che conta" pensò mentre sorseggiava il suo cocktail.

Si diresse verso uno scaffale ed estrasse un libro che cominciò a leggere a voce alta: «La Terra è popolata da individui che hanno perso gran parte della spontaneità che li caratterizzava quando erano bambini. Una volta divenuti adulti si trovano ad avere a che fare con il mondo del lavoro, con le scadenze, i doveri da assolvere, con chi prova a ingannarli e soprattutto con persone con le quali devono relazionarsi usando un linguaggio "maturo". In tutto questo processo di crescita fisica e interiore, la spontaneità tipica dei bambini viene soffocata dalle rigide regole della società degli adulti dove se una persona agisce in modo non conforme ai principi condivisi dalla maggioranza, viene definita "infantile" oppure "poco competitiva».

Chiuse il libro e lo buttò nel cestino esclamando: «Un'inutile trattato di pedagogia!».

Peter era convinto di aver migliorato il mondo, tuttavia in una parte remota del suo animo ancora si domandava se avesse agito realmente per il bene dell'umanità oppure solo per soddisfare la sete di potere. In cambio di pesanti lingotti d'oro aveva tradito la sua migliore amica e mutato la vita di miliardi di persone.

Ora lasciamo Peter nel suo lussuoso appartamento di New York e facciamo un passo indietro per narrare gli eventi eccezionali che lo avevano condotto lì.

Molti anni prima nacque ad Atene una bambina di nome Eleutheria. La madre si chiamava Demetra mentre il padre Argo ed entrambi erano di origine umile; sin da subito i due genitori accolsero la bambina con amore cercando di non farla sentire diversa dagli altri per via della loro pessima condizione economica; usarono quindi i pochi risparmi a disposizione per comprare alla piccola dei vestiti, gli unici che avrebbe indossato per lungo tempo. I due coniugi erano impiegati presso un'azienda locale che si occupava di spedire il pesce agli stabilimenti dove sarebbe stato inscatolato.

Gli anni passarono ed Eleutheria terminò gli studi della scuola elementare. Era una bambina vivace, intelligente, capace di rapportarsi con i suoi compagni con estrema sincerità, ma le maestre dissero ai genitori che c'era qualcosa che non andava. Quando cominciò a frequentare le scuole medie una professoressa convocò Argo e Demetra per dire loro: «Il rendimento scolastico di vostra figlia è davvero buono, però da un punto di vista della personalità… ecco, sembra come se si rifiutasse di crescere».

«Capisco» rispose Argo «forse dipende dalla nostra condizione economica che rappresenta un problema per Eleutheria. Non possiamo permetterci di portarla in vacanza, tantomeno di farle dei regali a Natale. Abbiamo ereditato la casa dove viviamo da un vecchio zio che ci ha lasciato anche molti debiti da saldare.»

«Potrebbe dipendere da questo, comunque Eleutheria dovrà parlare con uno psicologo.»

«Non possiamo permettercelo purtroppo» ribatté la madre con tono preoccupato.

«Non temete, la scuola ve ne metterà a disposizione uno gratuitamente.»

I due si sentirono sollevati, perciò accettarono di buon

grado di far seguire la figlia da un professionista, ma dopo qualche tempo il responso dello psicologo li lasciò perplessi. Egli disse che non era stato possibile effettuare alcuna diagnosi alla bambina. Eleutheria rispondeva perfettamente agli stimoli esterni e interveniva in modo puntuale in ogni discussione, ma i suoi ragionamenti sembravano quelli di una bimba di sei anni. Lo psicologo si domandò come mai i maestri delle scuole elementari non lo avessero mai contattato per segnalargli quel caso. Sebbene egli non ravvisasse alcun ritardo mentale, consigliò un esame medico approfondito.

I genitori si preoccuparono molto e lasciarono che la figlia fosse sottoposta a ogni tipo di test, ma i risultati li confusero ancora di più: non risultava né un ritardo mentale né un'anomalia cerebrale.

Il tempo passò ed Eleutheria conseguì la licenza media con buoni voti. Nonostante si rapportasse con i suoi pari in modo troppo infantile per la sua età, il rendimento scolastico continuava ad essere buono.

Un giorno un suo amico le fece un ritratto e glielo mostrò con soddisfazione dicendo: «Non sono molto bravo nel disegno, ma spero ti piaccia. Forse avrei dovuto scurire il colore dei tuoi occhi perché in realtà tendono meno al marrone e più al nero, mentre il rosso dei capelli mi sembra azzeccato».

«A me il tuo disegno piace molto. Il naso all'insù è proprio come il mio, così come le lentiggini.»

«In realtà tu mi piaci» rispose di getto il ragazzo, tappandosi subito dopo la bocca come se si fosse reso conto di aver detto qualcosa di inappropriato.

«Allora sai che ti dico? Pure a me piaci tu! Qualche volta potremmo giocare insieme con le bambole o con la palla.»

Prima di allontanarsi il ragazzo scosse la testa pensando: "A tredici anni suonati mi chiede di giocare con la palla? Hanno ragione gli altri, questa è proprio strana!".

La ragazza non si curò di lui e appena giunse a casa raccontò l'accaduto ai genitori. In particolare Demetra provò a spiegarle come fosse normale trovare qualcuno attratto dal suo aspetto fisico.

«Che schifo!» rispose la figlia coprendosi il volto con le mani.

Il tempo passò rapidamente ed Eleutheria fu portata in un istituto sovvenzionato dal governo dove continuò a studiare con il sostegno di un assistente sociale. Non si sentiva diversa dagli altri, ma per il fatto di voler fare i giochi dei bambini di sei anni veniva sempre emarginata dai coetanei. Sembrava come se non avesse voglia di crescere e di entrare nel mondo degli adulti.

All'età di sedici anni la ragazza fu sottoposta a ulteriori esami psichiatrici dai quali non emerse nulla di anomalo, anzi, chi l'aveva visitata non riusciva a spiegarsi come mai lei ragionasse come una bambina di sei anni.

Spesso Demetra cercava di fare in modo che la figlia non si sentisse diversa dagli altri.

«Piccola mia, tu sei speciale, non diversa» le ripeteva spesso.

«Mamma, ho sedici anni e tu ancora mi chiami piccola?»

«Per me sarai sempre la mia piccolina.»

«Beh, sono cresciuta. Posso avere il latte con i biscotti? Vorrei quelli a forma di tartaruga!»

La madre sorrise, lanciandole uno sguardo pieno d'amore.

Dopo qualche tempo nel mondo accadde una cosa incredibile: ogni bambino che aveva raggiunto i sei anni di età non si evolveva più e si comportava esattamente come Eleutheria. Pur crescendo fisicamente era come se cerebralmente si fermasse ai sei anni. Inizialmente gli scienziati tentarono di trovare una cura per quello che fu definito "il morbo del secolo", ma non vi riuscirono; allora vennero creati degli istituti dove rinchiudere i bambini per cercare di stimolarli e farli comportare in modo congruo alla loro età anagrafica, ma malgrado tutti gli sforzi, non fu ottenuto alcun risultato.

Nonostante i casi di questo tipo sembrassero riguardare gran parte dei bambini che venivano al mondo essi rappresentavano ancora una minoranza e, come c'era da aspettarsi, ciò venne avvertito come un pericolo dai governanti dei vari Paesi che cominciarono a prendere misure sempre più restrittive. Alcuni bambini vennero addirittura arrestati per le ingenuità commesse nei confronti dei coetanei, mentre altri furono internati negli ospedali psichiatrici.

Gli anni passarono e quelli che un tempo erano bambini divennero adulti, seppure solo fisicamente perché mentalmente erano fermi all'età di sei anni.

Eleutheria espresse il desiderio di entrare in politica e per questo venne pesantemente attaccata dai vari partiti dell'epoca, ma non dai suoi genitori che invece le stavano sempre accanto quando manifestava nella pubblica piazza il suo desiderio di dare un'opportunità agli adulti che erano come lei. Spesso la polizia doveva salvarla da una folla inferocita che la bersagliava con ortaggi e le urlava contro insulti. In particolare una signora con in mano un cartello con la scritta "stop ai diversi" le disse: «Non ho voluto avere figli proprio per non mettere al mondo delle persone come te! La nostra specie si estinguerà non appena diverrete più numerosi di noi!».

«Non è vero, faccia da somara! Specchio riflesso!» rispose Eleutheria mostrando i palmi delle mani per simulare uno specchio in grado di rimandare indietro le brutte parole pronunciate dalla signora.

«Vedi? Ragioni come una bambina, sei un'aberrazione della natura, un errore genetico che ci farà estinguere!»

«Tu sei proprio brutta e cattiva!» esclamò Eleutheria.

«Chi manderà i razzi nello spazio? Chi scoprirà nuovi vaccini? Nessuno, perché il mondo sarà popolato da adulti che penseranno a mangiare caramelle come dei bambini!»

Passarono altri anni ed Eleutheria, grazie al sostegno del partito dei Bambini - Adulti da lei stessa fondato, riuscì a essere eletta sindaco di Atene. Tra i suoi primi provvedimenti ci fu quello di garantire a tutti gli studenti delle scuole elementari una razione di dolci a settimana a cui seguì la legge chiamata *ius cinemae* che garantiva a tutti i bambini - adulti il diritto di entrare gratis ogni settimana al cinema per guardare un film d'animazione.

«Vedete come spreca i soldi delle tasse?» tuonavano i

suoi avversari politici durante le assemblee; alcuni di loro si coalizzarono e riuscirono a bloccare l'ultima proposta del partito dei Bambini - Adulti di dotare ogni edificio pubblico della città di piccole giostre e distributori automatici contenenti dolciumi.

2

Pian piano il numero delle persone che rimaneva fermo con la mente all'età di sei anni crebbe a dismisura. Inizialmente chi ragionava ancora come un adulto si ritirò in circoli privati e lo stesso fecero i grandi industriali che formarono una coalizione chiamata "Restaurazione" il cui obiettivo era quello di non perdere il potere.

Nel mondo erano ancora in corso molte guerre, ma a causa della mancanza di soldati abili a combattere, proprio perché ormai le nuove generazioni ragionavano come Eleutheria, si arrivò pian piano a non avere più nessuno da mandare al fronte. Dopo un po' la maggior parte degli abitanti della Terra aderì al partito dei Bambini - Adulti.

Chiaramente l'industria delle armi andò in crisi così come tanti altri settori come quello delle attività per adulti, mentre ci fu il boom della produzione di giocattoli e dolciumi.

Nel frattempo Eleutheria era diventata una donna e un giorno se ne stava con gli amici al parco giochi. Gli anziani difficilmente potevano abituarsi a vedere degli adulti ridere a crepapelle mentre venivano giù da uno scivolo. Al parco si trovava anche Peter Abrams a cui abbiamo fatto cenno all'inizio del nostro racconto. Egli era attratto da Eleutheria, ma si trattava comunque di quell'innocente infatuazione che un bambino di sei anni, seppur in un corpo da adulto, può provare.

Lui l'abbracciò e le disse: «Ti va di giocare a palla?».

«Perché no!»

«Mi levi una curiosità?»

«Dimmi, Peter» rispose lei mentre gli lanciava la palla.

«Gli adulti, intendo quelli con la mentalità di una volta, vorrebbero tenersi quello che hanno costruito…»

«A me non interessa molto, io penso a giocare e soprattutto a difendere le persone come noi che per troppo tempo sono state considerate diverse. Senza contare che le hanno rinchiuse dentro agli istituti psichiatrici.»

«Capisco. Eleutheria, ti va di parlare di qualcosa di bello? Ecco, vorrei parlare di te.»

«Di me?» rispose lei fermandosi a osservare il suo interlocutore. Peter era un uomo dai capelli lunghi neri e vispi occhi castani. Indossava dei pantaloncini corti con impresse le immagini di simpatici dinosauri e una maglietta con stampati i personaggi dei suoi cartoni preferiti. Inoltre sulla testa aveva un buffo cappello con in cima un'elica.

«Sì, ecco, io mi sono innamorato di te.»

«Oh! Questa è bella!»

«Vuoi diventare la mia fidanzata?»

Eleutheria ci pensò su e poi esclamò con slancio: «Accetto!».

I due si avvicinarono e teneramente si strofinarono il naso l'uno con latra. Con quel gesto pensavano di aver suggellato il loro amore, ma Peter volle sorprenderla e cominciò a cercare nella tasca, tirando fuori nell'ordine: un tappo di sughero, un filo di lana alla cui estremità pendeva un soldatino, un paio di figurine e una scatola di fiammiferi. Inginocchiandosi l'aprì mostrandone il contenuto che consisteva in un anello di plastica con al centro una caramella.

«L'anello lecca lecca! Il mio preferito!» esclamò lei afferrandolo in modo grossolano per stringerlo al petto come se fosse il gioiello più prezioso al mondo.

Da quel giorno furono ufficialmente fidanzati e nonostante provassero una forte attrazione reciproca non avevano alcun istinto sessuale, perciò si limitavano a strofinarsi i nasi per manifestare il loro amore.

Poco tempo dopo i due si trovavano al luna park dove la maggior parte degli adulti aveva indosso abiti colorati come quelli dei bambini. A un tratto un colpo di pistola venne esploso in direzione di Eleutheria mancandola di un soffio. Un uomo anziano con l'arma ancora fumante urlò: «Il mondo è perduto e voi siete un abominio! La razza umana si estinguerà per colpa vostra! Qualcuno vi deve fermare!».

Eleutheria si mise a piangere ma trovò comunque la forza per fuggire, anche se da quel giorno si limitò a uscire solo per andare al lavoro. Lì si divertiva un mondo perché durante gli eventi di rappresentanza veniva sempre fatta suonare la sigla del suo cartone preferito che poi era diventata l'inno del partito politico dei Bambini - Adulti. Nel mondo popolato per lo più da persone con l'intelletto dei bambini, le occasioni cosiddette "istituzionali" persero la loro organizzazione rigida di un tempo e assunsero le sembianze di momenti di svago dove comunque si prendevano delle decisioni importanti. In tali occasioni tutti mangiavano gelati e nelle pause giocavano con le macchinine e le bambole.

Nonostante gli adulti di un tempo, cioè quelli con un'intelligenza che corrispondeva alla loro età anagrafica, rappresentassero la minoranza della popolazione mondiale non vennero perseguiti in alcuna maniera, anzi, Eleutheria in un suo discorso pubblico così si espresse: «Amici bambini, spero vi stiate divertendo…».

Venne interrotta da uno scrosciante applauso di una folla costituita da adulti con indosso abiti dai colori sgargianti. Un uomo dalla giacca colorata con impresse alcune navi spaziali, urlò: «Bravissima! Quando abbiamo finito andiamo a giocare al parco?».

Non appena ebbe terminato di pronunciare quella frase ricevette una pacca sulla spalla da una donna con indosso un abito della stessa foggia di quello della bambola che stringeva tra le mani.

Eleutheria continuò il suo discorso: «Ci accusano di voler sempre giocare ed è vero!».

Grida di giubilo la interruppero ancora.

«Nonostante abbiano provato a rinchiuderci negli istituti psichiatrici perché rappresentavamo una minoranza, noi non dobbiamo fare come loro che ora sono inferiori di numero rispetto a noi. A me fare del male non piace proprio, anzi, sapete che vi dico? Dobbiamo aiutare tutti.»

Afferrò un radiocomando dalle mani di Peter che si trovava accanto a lei e manovrò una macchina telecomandata che trasportava un foglio arrotolato. In quel momento un pallone gonfiabile colorato cominciò a circolare tra la folla rimbalzando qua e là.

Eleutheria prese il foglio dalla macchina telecomandata e lo lesse ad alta voce: «Sono stata appena eletta a capo di questo Paese, così potrò avere più possibilità di diffondere il nostro pensiero».

«Come farai? Pensi che la politica sia un gioco?» tuonò una voce di un uomo dal fondo della sala. Si trattava di un tipo longilineo, dai capelli bianchi lunghi, gli occhi neri e il volto pieno di rughe. Tutti lo riconobbero subito: era un certo Ebenise Farfuold, un politico di vecchio stampo che aveva a lungo osteggiato l'ascesa del partito dei Bambini - Adulti fondando il movimento dei "Superstiti" costituito da persone il cui sviluppo cerebrale non era fermo all'età di sei anni.

«Credete davvero che con la vostra innocenza riuscirete a migliorare il mondo?»

«Veramente» rispose Eleutheria con voce sicura «lo abbiamo già migliorato. Non so se lo hai notato, ma sono finite tutte le guerre. Nessuno di noi vuole conquistare nuovi territori, tantomeno guadagnare su ogni cosa come facevano gli uomini di prima.»

«Avete distrutto l'economia mondiale! Il numero delle nuove imprese avviate nei vari Paesi sta crollando vertiginosamente, il prezzo dell'oro è precipitato, le azioni non esistono quasi più: il pianeta è in rovina per causa vostra!»

Eleutheria chiese sottovoce a Peter cosa volesse dire la parola "vertiginosamente", ma ricevette in risposta una scrollata di spalle. Lei aggiunse: «Hai ragione. Molte cose sono cambiate da quando i bambini - adulti hanno cominciato a occupare posizioni importanti nella società, ma davvero pensi sia un male non dover più avere a che fare con le armi, l'oro e l'economia? Certo, ci sono meno aziende rispetto a prima, ma l'inquinamento del pianeta è diminuito, i mari sono più puliti e nessuno fa più uso di quelle sostanze cattive come la droga. La mamma mi ha spiegato che fa male e ai bambini non piace. Ecco perché sta sparendo».

«Sei un'illusa!» urlò l'uomo puntatole il dito contro.

«Forse è come dici tu, però quei cattivoni che facevano del male a tutti…»

«I criminali» le suggerì Peter.

«Sì, i criminali non esistono più. La sete di denaro, potere e successo se n'è andata con il vecchio mondo. A noi interessa solo giocare e vivere in pace. Non conosciamo il valore dei soldi, per questo il mio sogno è quello di consentire a ogni essere umano di vivere una vita meno frenetica: bisogna giocare di più e lavorare di meno.»

«Sì, sì, belle parole, ma il mondo si tiene in piedi perché la gente lavora sodo, come ho fatto io per cinquant'anni.»

«Se guardi bene le persone che sono qui troverai sui loro volti solo serenità, mentre la tua faccia è consumata dalle rughe e poi sembri sempre arrabbiato. I soldi, le azioni, i servizi che chiunque pensa siano indispensabili, in realtà sono creazioni degli uomini e io sostengo che si può vivere pure senza. Per me sarebbe meglio se ci si aiutasse di più a vicenda e si istituisse il barattolo.»

«Il barattolo?» domandò l'anziano perplesso.

«Il baratto di beni» suggerì Peter.

«Intendevo il baratto, cioè tu dai una cosa a me e io do una cosa a te. Se tu coltivi la terra e mi dai una pianta di insalata, io ti do un paio di scarpette nuove, magari quelle con le luci.»

L'anziano scosse la testa e con un'espressione di disgusto lasciò quel luogo per far ritorno nella sua grande villa.

Qualche tempo dopo in Europa si incontrarono i leader di molti Paesi governati dai bambini - adulti. Alcuni indossavano abiti colorati, altri invece dei comodi pantaloncini e normali magliette di cotone. L'assemblea sarebbe dovuta iniziare alle tre di pomeriggio, ma cominciò due ore dopo perché tutti volevano giocare con le sedie girevoli dell'aula, oppure dire qualche frase simpatica al microfono o, ancora, tirarsi i popcorn.

«Amicissimi buon pomeriggio!» riuscì appena a dire Eleutheria, prima di essere costretta a muovere bruscamente la testa da un lato per schivare un aeroplano di carta.

«Dicevo, amicissimi carissimi, siamo qui oggi per prendere delle decisioni importanti. Prima di tutto poche persone sanno come guidare le macchine, per questo gli incidenti stradali stanno aumentando. Vogliamo fare qualcosa per cambiare questa cosa qui? Io propongo di muoverci tutti con i mezzi pubblici, tipo l'autobus e il tram, magari elettrici così non sporchiamo l'aria con quella cosa puzzolente che esce dal tubo.»

Sulla grande parete alle sue spalle si trovavano numerose luci a led colorate che corrispondevano a ogni poltrona della grande sala. Inizialmente si illuminarono quasi tutte di rosso come se i presenti avessero votato contro la proposta avanzata da Eleutheria, ma non appena fu spiegato al microfono che il rosso corrispondeva alla volontà di votare a sfavore, mentre il verde a quella di votare a favore, le luci a led cambiarono colore e la proposta venne approvata.

A quell'assemblea ne seguirono molte altre e gli assetti mondiali furono radicalmente modificati.

3

Il partito dei Bambini - Adulti divenne il più votato al mondo e aveva istituito ovunque delle sedi di rappresentanza. Tutte quelle società di servizi che un tempo servivano a mantenere il sistema economico, prima della comparsa dei bambini - adulti, sparirono del tutto. Contrariamente a quanto si potrebbe pensare, la vita degli esseri umani non ne risentì ma cambiò profondamente. Innanzitutto in ogni Paese sorsero migliaia di parchi giochi, ce n'era uno quasi in ogni angolo della strada. Le automobili scomparvero, piuttosto le persone si spostavano con i mezzi pubblici e perfino gli animali selvatici, non temendo più il rumore generato dai veicoli, tornarono a popolare le città. Di conseguenza l'inquinamento dell'aria diminuì considerevolmente così come quello dei fiumi e dei mari. L'eccessiva immissione sul mercato dei beni di consumo andò pian piano scemando perché si produceva solo il necessario per vivere.

Ai bambini - adulti non interessavano gli yacht o i gioielli, piuttosto preferivano le cose semplici. Inoltre non usavano possedere armadi pieni di vestiti come erano abituate a fare le persone che li avevano preceduti, anzi, spesso andavano in giro sempre con la stessa maglietta proprio perché non davano alcuna importanza all'aspetto esteriore. In effetti questo è perfettamente in linea con il pensiero di un bambino di sei anni che per divertirsi o sentirsi a suo agio non ha bisogno di abiti firmati e di sfoggiare alcuna ricchezza della quale non gli importa nulla. Nel mondo di prima molti genitori erano soliti conciare i figli piccoli come se fossero adulti, insegnandogli, in tal modo, a prediligere il superfluo e a desiderare quanto in realtà non era necessario.

In questo nuovo mondo, così come lo aveva definito Eleutheria riferendosi a quello attuale, gli ospedali ancora funzionavano perché seppur in modo meno professionale rispetto al passato, il servizio era garantito a tutti. Le operazioni chirurgiche invece venivano eseguite per lo più con i robot che anche nel "vecchio mondo" avevano cominciato a sostituire i chirurghi nel loro lavoro.

Nessuno si sentiva più discriminato perché tutti ragionavano con quella particolare naturalezza dei bambini che non sono capaci di cogliere le sfumature alle quali invece fanno caso gli adulti. Non c'era più interesse a compiere un'azione iniqua perché se mai due persone avessero litigato, al massimo si sarebbero messe a piangere per poi fare subito pace come se nulla fosse accaduto.

Le scuole fornivano ai bambini l'istruzione necessaria per

eseguire operazioni elementari. Nonostante la scienza non facesse progressi, grazie al nuovo assetto societario mondiale non si avvertiva più la necessità di costruire razzi o inventare oggetti tecnologici sempre più performanti. Non c'era quindi bisogno di esplorare lo spazio alla ricerca di pianeti da colonizzare perché le risorse della Terra erano sufficienti e l'inquinamento non rappresentava più un problema.

Il desiderio di fare carriera e di raggiungere a tutti costi il successo non esisteva più e sebbene qualcuno serbasse ancora l'ambizione di diventare famoso, non prevaricava gli altri e li rispettava in pieno. Scomparvero anche i tribunali perché ogni disputa si risolveva al massimo con una breve lite, un pianto o una stretta di mano.

Il denaro sparì del tutto e il baratto divenne, così come avveniva nelle società più antiche della Terra, un modo per ottenere i beni di prima necessità. Nessuno lavorava più per percepire uno stipendio, perciò si coltivava la terra e si scambiavano i suoi frutti con semplici vestiti o con giocattoli, caramelle e quant'altro potesse essere utile a un bambino che notoriamente dà più importanza a un tappo di sughero piuttosto che a un anello di diamanti oppure a un gelato e non a una macchina di lusso.

Incredibilmente il mondo governato da persone con la mente dei bambini conobbe un periodo di pace e prosperità proprio perché si tornarono ad apprezzare le cose semplici: tutte le "sovrastrutture", gli orpelli, le artificiose convenzioni e quant'altro in passato aveva caratterizzato il mondo degli adulti, caddero come un castello di carte rivelando di essere qualcosa di superfluo, assolutamente non necessario per la vita degli esseri umani. Le città divennero molto sicure e non di rado capitava di poter girare da soli nelle stesse zone che un tempo erano considerate malfamate, inoltre qualsiasi oggetto lasciato incustodito non veniva rubato da nessuno.

Un giorno Peter si trovava con gli amici al parco giochi, quando venne avvicinato da Ebenise Farfuold che gli propose di seguirlo presso il suo circolo privato, dicendo: «Sono un politico di vecchio stampo, perciò ti puoi fidare se ti prometto qualcosa. Vieni con me e avrai tanti dolcetti, magnifiche pastarelle, torte, giocattoli. Ti chiedo solo di sentire cosa vogliono dirti i miei amici».

Peter sulle prime fece un passo indietro come se volesse andar via da lì perché non si fidava di quell'uomo che molto si era opposto al partito dei Bambini - Adulti, ma poi timidamente chiese: «Avrò anche le gomme da masticare rotonde e colorate?».

«Certamente» rispose l'altro con un ghigno.

«Hai mica quelle con i robot disegnati sopra?»

Ebenise sbuffando disse: «Tutto quello che vuoi».

«Va bene, accetto, però non mi fermerò molto.»

I due giunsero presso un palazzo fatiscente dove ad attenderli trovarono un uomo con un cappotto rammendato e l'aspetto torvo che li condusse all'interno in una grande libreria piena di scaffali contenenti migliaia di volumi. Lì, seduti intorno a un lungo tavolo rettangolare si trovavano alcuni membri dell'ormai quasi estinto movimento dei Superstiti. Avevano il volto pieno di rughe e se ne stavano a leggere vecchi quotidiani per riempire il vuoto creato dalla nostalgia dei tempi in cui detenevano il pieno controllo della società, nella quale con le loro decisioni erano in grado di cambiare la vita di migliaia di persone.

Un tipo con il naso affilato, due piccoli occhiali circolari senza stecche e il mento proteso in avanti, porse a Peter un sacchetto pieno di caramelle, poi si presentò con un sorriso dicendo di chiamarsi Giulio.

«Piacere, mi chiamo Peter, dove sono i regali?».

L'uomo indicò un baule ricolmo di giocattoli. Subito Peter si avvicinò con l'intento di afferrare due piccoli dinosauri, ma venne fermato da Ebenise.

«Vorresti avere più giocattoli?»

«Certo! Non mi dire che avete pure la spada laser!»

«Sì e anche gli incrociatori stellari, ma li diamo solo a chi si comporta bene.»

«Io sono super bravo, chiedilo ai miei amici!»

«Lo so ed è per questo che ti abbiamo condotto qui, proprio perché sei il più bravo di tutti.»

«Tu sei quello che è arrabbiato con Eleutheria?»

«Assolutamente no, la penso in modo diverso da lei, ma le voglio un gran bene.»

«Meno male! Sono contento» rispose Peter con la tipica innocenza dei bambini che tendono a credere a ogni cosa perché non conoscono il significato dell'espressione "doppi fini".

«Io e i miei amici un tempo eravamo ricchi, avevamo investito molti soldi nel vecchio mondo, ma ora tutto ciò che ci è rimasto è questo edificio in rovina che era la sede del nostro circolo. Ognuno di noi possedeva grandi ville, jet privati, macchine di lusso e beni preziosissimi, ma ora le cose sono cambiate.»

«Beh, io non saprei che farmene di queste cose, a me piacerebbe solo avere una casa con un parco giochi… e un tappeto elastico… e una casa sull'albero e…»

«Abbiamo capito, non serve fare l'elenco completo» lo interruppe Giulio visibilmente infastidito.

Il tono dell'uomo non piacque a Peter che scoppiò a piangere. Ebenise lanciò un'occhiata piena di rabbia al suo collega, poi tranquillizzò Peter porgendogli una moneta da inserire in un dispenser pieno di gomme sferiche colorate.

«Potrai avere tutti i giocattoli del mondo, vorremmo solo chiederti un favore.»

«Se hai il robot con i leoni che si uniscono accetto subito la tua proposta, anche se non l'hai ancora fatta.»

Alzando gli occhi al cielo Ebenise rispose: «Va bene, vorremmo solo che tu bevessi una nuova bibita per dirci cosa ne pensi».

«Tutto qui?»

«Tutto qui e poi avrai il tuo robot.»

Giulio lasciò cadere una pillola verde in un bicchiere d'acqua e mescolò bene con un cucchiaio per farla sciogliere.

«Bevila tutta di un fiato e dicci cosa ne pensi. Se ti piacerà ne produrremo in gran quantità per tutti quelli buoni come te.»

Peter fece come gli aveva suggerito l'uomo e poco prima di perdere i sensi riuscì solo a dire: «È dolce!».

4

Giulio si avvicinò a Ebenise dicendo: «Speriamo che funzioni».

«Per questo abbiamo usato Peter come cavia, giusto? Tra qualche tempo sapremo se la sostanza ha fatto effetto su di lui. Teniamoci pronti perché se tutto andrà bene rientreremo in possesso dei nostri beni. Dobbiamo riprenderci l'influenza politica che avevamo anni fa.»

Ancora privo di sensi, Peter venne lasciato su una panchina di un parco giochi che era a due isolati dal palazzo fatiscente dove aveva ingerito la misteriosa sostanza.

Si svegliò la sera stessa con un gran mal di testa ricordando a malapena quanto gli fosse accaduto. A distanza di una settimana si trovò a giocare con Eleutheria e in quell'occasione accadde qualcosa di inaspettato. Mentre lei si apprestava a tirare la sua biglia, Peter senza farsi vedere ne rubò una. Il giorno seguente i due si incontrarono ancora, ma non appena egli provò a rubare un'altra biglia, Eleutheria se ne accorse.

«Perché hai messo la mia biglia nella tasca?»

«Mi sono sbagliato.»

«Cosa significa? Tu volevi rubarla, com'è possibile? Io sono tua amica!»

«Beh, l'amicizia non c'entra nulla, voglio solo possedere mille biglie così sarò il giocatore più potente della città.»

«Peter non ti riconosco più, cosa dici?»

«Sai che ti dico?» rispose lui con un tono pieno di astio «tu hai fondato il partito dei Bambini - Adulti solo perché volevi tutte le biglie per te!»

Eleutheria scoppiò a piangere, mentre Peter se ne andò. Quella scena era stata ripresa da una telecamera installata tempo prima dal movimento dei Superstiti. Le immagini avevano raggiunto l'edificio dove si trovavano Giulio ed Ebenise che, compiaciuti da quel che avevano visto, stapparono una bottiglia di champagne.

Il tempo passò e il comportamento di Peter divenne sempre più strano. Spesso camminava per strada e si divertiva a rubare i giocattoli degli altri per farli piangere, inoltre aveva scoperto che mentendo poteva ottenere qualsiasi cosa desiderasse. Raccontava alle persone delle falsità e prometteva loro giocattoli nuovi se solo avessero fatto quanto chiedeva. Un giorno stava percorrendo uno stretto vicolo quando fu raggiunto da Ebenise.

«Ciao Peter, come stai?»

«Bene e tu come stai?»

«Non mi lamento, anche se sto invecchiando e desidero rientrare in possesso dei miei averi quanto prima. Mi chiedevo se tu potessi aiutarmi.»

«Cosa ne otterrò in cambio?»

«Vuoi dei giocattoli?»

«Giocaci tu con quelli, io voglio il potere. Mi piacerebbe governare la città.»

«Eleutheria, si potrebbe offendere» rispose Ebenise per testare Peter e sentire cosa avrebbe risposto.

«Ha avuto il suo momento di gloria, è un'ingenua e non vuole cambiare le cose. Ora è il mio turno!»

L'altro annuì e lo invitò a seguirlo presso la fatiscente

sede del movimento dei Superstiti dove ad attenderli, tra gli altri, c'era Giulio che disse: «Carissimo Peter è giunto il momento di dirti la verità. Quando sei venuto qui la prima volta ti abbiamo fatto assumere una sostanza che è stata messa a punto da un nostro team di esperti. In poche parole grazie ad essa il tuo cervello ha ripreso a crescere come avrebbe dovuto e tu stai perdendo quell'inutile ingenuità tipica dei bambini per divenire come noi: un adulto a tutti gli effetti».

«Sono contento. In fin dei conti mi avete liberato. Prima vedevo le cose in modo ingenuo, ma ora è tutto chiaro e voglio prendermi quanto mi spetta.»

«Ogni cosa a suo tempo. Potrai divenire uno dei leader più importanti della Terra, ma devi aiutarci» disse Giulio porgendogli un involucro contenente cento pillole verdi come quella che Peter aveva ingerito tempo prima.

«Dovrai liberare altre persone, in questo modo avremo nuovi alleati e potremo procedere verso la meta compiendo l'atto finale.»

«L'atto finale?»

«Di noi non si fida nessuno mentre di te, nonostante il comportamento che hai messo in atto ultimamente le persone hanno una certa stima, perciò dovrai far ingerire a cento tuoi amici queste pillole. Non appena ciò avverrà potremo contare su più persone che cominceranno a pensare come gli adulti. A quel punto, servendoci dell'aiuto di quelli che avrai reso nostri alleati, raggiungeremo gli impianti idrici delle varie città e scioglieremo nell'acqua le nostre pillole verdi. Chiunque ne berrà anche un solo bicchiere diverrà come te e come noi.»

«Un momento. Chi mi garantisce che una volta raggiunto il vostro scopo non mi butterete via? Non voglio essere usato come una marionetta.»

Indicando un cumulo di lingotti d'oro Giulio si limitò a dire: «È tuo, puoi prenderlo tutto. Oggi non ha alcun valore, ma tra poco diverrà la cosa più preziosa del mondo».

Peter si fece aiutare a trasportare l'oro a casa sua e la sera stessa cominciò a sciogliere le pillole verdi nell'acqua e a offrirle ai suoi vicini di casa.

Il piano riuscì e dopo un po' le persone a cui era stata somministrata la sostanza cominciarono a pensare come adulti e aiutarono Ebenise a portare a termine l'operazione negli impianti idrici.

Eleutheria si accorse che qualcosa non andava. Dopo essere stata trattata male da alcuni membri del suo stesso partito, cominciò a chiedere in giro finché Peter le confessò quanto aveva fatto.

Con la tipica spontaneità dei bambini lei si lasciò andare a un pianto accorato. Nei mesi successivi dovette assistere dolorosamente a un nuovo cambiamento nella sua città dove man mano la sostanza venne diffusa e lo stesso accadde in tutti i Paesi del mondo.

Il movimento dei Superstiti guidato da Ebenise e Giulio tornò a tirare i fili dell'economia mondiale, inoltre la produzione dei beni di consumo riprese a pieno ritmo e pure gli animali selvatici lasciarono le città per rifugiarsi nei boschi. L'inquinamento e l'eccessivo utilizzo delle risorse naturali divennero nuovamente un problema, inoltre il numero dei crimini salì vertiginosamente. Ripresero le esplorazioni spaziali per cercare nuovi pianeti da colonizzare: il mondo era tornato come un tempo.

Eleutheria era stata la prima bambina al mondo a manifestare quello che inizialmente sembrava essere un problema mentale. In principio fu osteggiata perché faceva parte di una minoranza che però, in seguito, era divenuta la "maggioranza", ma nonostante ciò non aveva ripagato i suoi avversari con la stessa moneta, anzi, con innocenza e limpidezza d'animo si era offerta perfino di aiutarli esortando gli appartenenti al suo partito a fare lo stesso.

Peter Abrams, l'uomo che aveva tradito Eleutheria, rimase a vivere a New York nel suo lussuoso appartamento e nonostante si dichiarasse felice, un'ombra ammantava il suo animo cupo. Il dubbio di non aver agito per il meglio nei confronti dell'umanità spesso lo assaliva. In realtà egli soffriva per aver perduto quell'ingenua spontaneità tipica dei bambini che un tempo lo faceva vivere sereno.

Eleutheria invece si rifiutò di assumere la sostanza e di bere l'acqua del rubinetto, piuttosto si ritirò in montagna dove visse nella natura finché divenne anziana, tuttavia la sua mente conservò sempre la spontaneità e la limpidezza d'animo di una bambina.

La scintilla del consumismo

1

Nel sistema solare denominato H-299792 si trovavano due pianeti di cui uno chiamato Livor e l'altro Silentium. Il primo era popolato da una civiltà piuttosto evoluta, mentre il secondo da persone dedite solo alla pastorizia e all'agricoltura.

Su Silentium, in un villaggio situato in una splendida valle disseminata di limpidi corsi d'acqua, incantevoli boschi e verdi radure, viveva la famiglia Nosha. Non si trattava di gente illustre, ma più semplicemente di persone che lavoravano dignitosamente la terra vivendo nel pieno rispetto della natura. Il papà si chiamava Dasos, la mamma Limne, il figlio di sei anni Liontari e la figlia di dodici anni Asterias e abitavano nel villaggio di Physis che contava circa duemila abitanti. Su Silentium c'erano molti villaggi, alcuni più grandi e altri più piccoli, ma contrariamente a quanto si potrebbe pensare non esistevano capi o politici perché tutti vivevano in perfetta armonia e non c'era alcuna esigenza di regolamentare la vita con norme o leggi.

La tecnologia non esisteva e il livello di sviluppo di quella civiltà non procedeva a ritmi sfrenati. Si viveva dei frutti della terra, di caccia e di pesca e nessuno aveva bisogno dell'elettricità; le case, costruite in pietra, avevano una forma singolare: somigliavano a coni conficcati nel terreno circondati da tubi trasparenti nei quali scorreva l'acqua. In questo modo tutte le abitazioni erano raggiunte dal "suono della grande madre" così come usavano chiamarlo gli abitanti di Physis. Essi ritenevano l'acqua come la cura di ogni male e la fonte della vita, perciò amavano ascoltare il suo suono mentre scorreva nelle tubature che servivano anche come sistema di trasporto di messaggi da una casa all'altra. Se qualcuno intendeva comunicare con un conoscente che viveva in un altro cono, scriveva un messaggio e lo riponeva all'interno di una capsula di legno sigillata che poi metteva nel tubo. Fatto ciò veniva chiusa una valvola per fare in modo che il messaggio raggiungesse l'abitazione prescelta.

A questo punto verrebbe spontaneo chiedersi se un'abitazione a forma di cono conficcato nel terreno possa essere confortevole. Ebbene, ogni casa aveva tre solai che davano la possibilità a chi vi abitava di disporre almeno di quattro vani, inoltre la particolare forma a cono convogliava perfettamente all'interno il suono dell'acqua. La parte superiore dell'abitazione, quella che fuoriusciva dal terreno, era sovrastata da una grande pietra trasparente la quale, funzionando come una lente di ingrandimento, convogliava la luce solare dentro un cilindro di vetro che a sua volta attraversava verticalmente l'intero edificio. Inoltre un ingegnoso sistema di ventilazione consentiva al vento di raggiungere la parte più bassa del cono per evitare qualsiasi problema d'umidità.

Tutte le sere la famiglia Nosha si riuniva in preghiera per ringraziare la terra che li circondava e tutti gli altri elementi della natura come l'aria, il sole e l'acqua che, in modi diversi, raggiungevano l'abitazione.

Su Silentium la vita scorreva lentamente anche perché non esistevano orologi, tantomeno pressanti scadenze da rispettare. Il tempo veniva scandito dalla luce solare e siccome nessuno andava mai di fretta, generalmente ci si dava appuntamento all'alba oppure al momento in cui il sole raggiungeva il suo apice, se poi una persona arrivava prima dell'altra e doveva attendere, nessuno se la prendeva più di tanto: l'assenza di dispute caratterizzava ogni città di quel pacifico pianeta.

La tipica giornata dei Nosha iniziava con una buona colazione a base di frutta. Il pasto prendeva circa un'ora, ma per gli abitanti di Physis era un tempo accettabile, poi i figli venivano accompagnati a scuola da Limne che nel tragitto aveva la possibilità di parlare con altre mamme. Non c'era un orario categorico per l'inizio della lezione e se anche i bambini arrivavano quando era già cominciata, non venivano rimproverati in nessun modo. Dasos e Limne trascorrevano il resto della mattina nei campi a lavorare la terra, ma non essendo pressati da alcuna scadenza o dal dover raccogliere una quantità di ortaggi predefinita, se la prendevano con calma. Spesso, anziché andare nei campi, si recavano al fiume dove dalla corteccia filamentosa di un albero ricavavano una sostanza simile al cotone che utilizzavano per confezionare gli indumenti. Dasos e Limne andavano d'accordo perché lo stile di vita semplice che conducevano, così come l'assenza di rigide norme che sempre generano una certa tensione psicologica, consentiva loro di vivere serenamente.

Ogni sera il momento della cena rappresentava una festa perché si mangiava cibo sano e si raccontavano storie fantastiche. Il pasto si concludeva con un momento di silenzio per ringraziare la terra che circondava la casa, per onorare l'acqua che tramite i tubi trasparenti l'avvolgeva, così come il vento e il sole che di giorno la inondavano rispettivamente di aria e di luce.

Nel fine settimana la famiglia andava a incontrare gli amici e mentre i genitori se ne stavano a parlare sotto l'ombra delle querce, i figli giocavano nei prati con altri bambini. Durante l'inverno, in caso di maltempo, tutti si riparavano sotto una grande tettoia perché nulla avrebbe potuto cambiare di una virgola quel momento sociale così bello. I loro movimenti erano accompagnati dal suono dei tamburi e da strumenti a fiato ricavati da particolari piante simili al bambù che venivano svuotate del loro interno e forate nella parte superiore.

Ogni anno a Physis si teneva la festa del raccolto per condividere i frutti della terra. In questo villaggio, così come negli altri presenti su Silentium, tutti erano molto felici; inoltre, come si è già detto, essendo quella una società poco complessa non vi era alcuna necessità di regolamentare la vita delle persone con le leggi, piuttosto ogni azione veniva guidata dal buon senso e dal rispetto per il prossimo.

Su Livor, l'altro pianeta appartenente allo stesso sistema solare, le cose andavano diversamente. Il livello tecnologico era decisamente più avanzato rispetto a quello delle popolazioni che abitavano Silentium. La maggior parte degli esseri viventi si serviva quotidianamente di strumenti elettronici sia per lavorare sia per svagarsi nel tempo libero. Per vivere dignitosamente le persone dovevano pagare un caro prezzo, perciò sottostavano a regole e leggi che con il tempo erano divenute sempre più complesse così come molto articolato era il sistema burocratico. Tutti lavoravano a ritmi serrati passando la vita a produrre per qualcun altro e non per loro stessi, inoltre avevano poco tempo a disposizione e quando arrivavano alla fine della carriera lavorativa perlopiù si ritiravano in silenzio, per finire la vita in una casa di cura alla quale erano costretti a destinare tutto l'importo della pensione.

«Le persone vogliono vivere nel progresso? Questo è il prezzo da pagare» aveva detto l'influente politico di nome Coylock nel corso di una conferenza a cui avevano partecipato i leader del pianeta. Si trattava di un uomo anziano, dai capelli tinti di nero e i lineamenti spigolosi come il suo carattere.

L'inquinamento stava pian piano conducendo quel mondo alla rovina quindi Coylock avanzò la proposta di costruire delle navi spaziali per trasportare delle truppe su Silentium al fine di colonizzarlo, ma ciò gli fu impedito da un movimento politico pacifista che non pensava fosse giusto conquistare un altro pianeta.

«Non lo vogliamo invadere! Intendiamo solamente renderci conto di cosa può offrire. In fondo è molto grande e da quanto è possibile desumere dalle immagini inviate dalle sonde sembra perfino abitato da una civiltà poco evoluta» aveva ribadito Coylock durante un comizio. Scrutava con i suoi occhi marroni la platea cercando qualcuno disposto ad appoggiare le sue idee, ma nonostante fosse un uomo influente, non trovò nessuno disposto a seguirlo.

In passato Livor era stato sconvolto da tre guerre e aveva vissuto il periodo cosiddetto delle "colonizzazioni" in cui le popolazioni che vivevano su terre incontaminate erano state sterminate dagli eserciti di Paesi ricchi che volevano impadronirsi di nuovi territori. Tutto ciò aveva in un certo senso "sensibilizzato" l'intera popolazione sul tema delle colonizzazioni, perciò la maggioranza delle persone decise di non appoggiare la proposta di Coylock di esplorare Silentium.

In questa società complessa e tecnologicamente avanzata molte persone si sentivano frustrate perché era largamente condivisa l'idea che per raggiungere la felicità avrebbero dovuto accumulare cose materiali che, tuttavia, il più delle volte non potevano permettersi di acquistare. Solo una ristretta cerchia di individui facoltosi sfoggiava gli ultimi modelli di oggetti elettronici, così come le borse di lusso, i vestiti costosi, le automobili, ecc.

Un solo uomo su Livor invitava la gente ad accontentarsi dell'essenziale. Si chiamava Genedio, ma i suoi consigli venivano perlopiù ignorati ed egli viveva come un emarginato.

Un giorno si recò in strada e rivolgendosi ai passanti disse: «Spesso capita di vedere persone ricche, ma insoddisfatte e ciò dimostra che né i soldi né il successo sono in grado di dare la felicità. Dalle cose materiali deriva solo un'effimera sensazione di benessere che con il tempo si affievolisce, per poi rinascere quando un nuovo prodotto viene commercializzato. Ognuno deve cercare la felicità dentro di sé e non altrove: lo stato di benessere interiore non può dipendere dagli altri, soprattutto da quelli che tentano a tutti i costi di venderci i prodotti».

Come c'era da aspettarsi dopo un po' venne fatto arrestare da chi poteva utilizzare la legge a proprio vantaggio. Da quel giorno di lui non si seppe più nulla.

Torniamo ora su Silentium e più precisamente nel villaggio di Physis dove gli anni passavano rapidamente. Dasos e Limne erano invecchiati, mentre i figli, ormai grandi, vivevano senza troppe preoccupazioni. Non erano pressati dalla necessità di trovare a tutti i costi un lavoro, non desideravano possedere alcun oggetto costoso e non dovevano rendere conto a nessuno di come sceglievano di passare le giornate. Non esisteva alcun apparato burocratico che chiedeva loro di pagare le tasse, di essere sempre in linea con gli standard di una società basata sul consumismo o di obbedire a leggi inique che venivano presentate alla collettività come necessarie per il benessere comune.

Liontari spesso lavorava nei campi, mentre sua sorella Asterias preferiva rimanere a casa a disegnare, tuttavia non veniva criticata dai genitori per questo, anzi, la incoraggiavano a esprimere sé stessa utilizzando la creatività. Certamente in altre società i figli sarebbero stati spronati ad "affilare le armi" per entrare nel mondo dei grandi; si sarebbe insegnato loro a stare in guardia dalla gente cattiva che per derubarli o raggiungere loschi scopi avrebbe potuto carpirgli la fiducia. Su Silentium tutto ciò non avveniva. Come abbiamo già detto, il male e la cattiveria erano pressoché assenti.

La produzione di massa, lo stress quotidiano, la pressione che una società complessa esercita sulle persone, la smania di raggiungere il successo economico a ogni costo e la sete di potere, non esistevano su quel pianeta perché le persone vivevano in modo "essenziale". Paradossalmente, sebbene non esistessero i social media, tutti comunicavano di più rispetto a quanto avveniva nelle società "evolute", infatti, proprio per la gran quantità di tempo libero di cui le persone disponevano, le occasioni per incontrare gli altri erano moltissime; inoltre l'efficiente sistema di tubi che avvolgeva le abitazioni diramandosi sottoterra, permetteva a chiunque di comunicare anche di notte tramite le capsule di legno sigillate.

2

Se questa fosse una storia come tante altre potremmo raccontare di come gli abitanti di Livor, la cui sopravvivenza era minacciata dall'inquinamento e dalla progressiva mancanza di risorse naturali, avessero alla fine deciso di invadere con la forza Silentium ma le cose non andarono affatto così. Per la seconda volta Coylock tornò alla carica avanzando la proposta di preparare le truppe per occupare l'altro pianeta ma questa venne ulteriormente respinta, tuttavia si decise di inviare una nave spaziale per esplorare Silentium e raccogliere campioni di terreno.

Per la missione furono scelti sei astronauti provenienti da diversi Stati di Livor. Tra loro c'era anche Benedict, un omone alto dal collo taurino, calvo e con gli occhi come il ghiaccio. Durante la sua carriera universitaria si era sempre distinto per aver superato ogni esame con il massimo dei voti così come tutti i test ai quali era stato sottoposto per diventare un astronauta. Uno dei suoi punti di forza era sicuramente quello di essere molto disciplinato in tutto ciò che faceva. Al mattino si alzava presto e passava qualche ora a meditare nel silenzio del parco che circondava la sua lussuosa villa in stile moderno. Dopo aver fatto colazione si dedicava alla lettura di testi scientifici, poi al nuoto e infine ad addestrarsi nel centro spaziale situato non lontano da casa sua, rimanendo lì sino al tramonto.

Giunto il momento della partenza, l'intero equipaggio si stava preparando al decollo. Benedict si sentiva tranquillo e non batté ciglio nemmeno quando i motori vennero avviati. Di lì a poco l'astronave uscì dall'atmosfera per essere subito dopo inghiottita dal buio dello spazio.

Benedict non aveva legato molto con gli altri membri dell'equipaggio perché era un tipo di poche parole, inoltre il suo carattere scontroso non lo rendeva affatto simpatico agli occhi dei colleghi.

Durante il viaggio l'equipaggio svolse le attività di routine cercando di collaborare per risolvere i piccoli problemi dovuti alla mancanza di gravità. Il taciturno Benedict invece se ne rimase nella sua capsula evitando di parlare non solo con gli altri, ma anche con Nora che era a capo della missione.

Dopo qualche tempo la nave spaziale atterrò su una radura situata non lontano da Physis. L'equipaggio fu piacevolmente colpito dalla totale assenza di inquinamento nell'aria e una volta sceso a terra prelevò un campione d'acqua che sin dalle prime analisi risultò purissima. Le direttive della missione erano chiare: nessuno doveva interagire con gli abitanti del pianeta per non interferire con la loro vita. Le operazioni per prelevare i campioni durarono diverse ore durante le quali Benedict si allontanò dal resto del gruppo. Quando ormai stava per partire una spedizione di ricerca per capire cosa gli fosse successo, egli ricomparve. Nora gli chiese dove fosse andato, ma lui rispose in modo vago raccontando una storia poco credibile, perciò l'altra si ripromise di stendere un rapporto dettagliato dell'accaduto e denunciare ai suoi superiori il comportamento anomalo tenuto dal collega.

Su Silentium tutto filò liscio e dopo qualche giorno la nave spaziale fece ritorno su Livor dove, in seguito al rapporto steso da Nora, Benedict fu condotto nella prigione della base. La missione si era rivelata un successo e gli scienziati, servendosi dei campioni raccolti, pensavano di poter ricreare in laboratorio un piccolo ecosistema per farlo crescere naturalmente fino ad arrivare a produrre delle oasi ecologiche dove trasferire le persone che vivevano nelle zone inquinate. Purtroppo tali previsioni si rivelarono sbagliate e nulla di tutto ciò poté essere realizzato.

Coylock si recò nella base spaziale e sfruttando la sua influenza politica, ordinò di liberare Benedict per farlo trasferire presso un centro di ricondizionamento. Lì sarebbe stato sottoposto a una procedura di ultima generazione per fargli il lavaggio del cervello e renderlo più incline a eseguire le direttive.

Non appena Coylock si trovò solo con l'astronauta, disse: «Hai eseguito i miei ordini?».

«Certamente, sa bene quanto sono disciplinato.»

«Bene, è tutto quello che volevo sapere. A breve gli abitanti di Silentium cambieranno» rispose l'altro avviandosi verso l'uscita.

«Un momento. Dov'è il mio compenso? Non vorrà davvero farmi ricondizionare!»

«Tutto ha un prezzo e dovresti essere contento. Il tuo sacrificio permetterà alla nostra razza di sopravvivere.»

«Mi ha ingannato, mi aveva promesso…» riuscì appena a dire Benedict, ma venne afferrato da due guardie che, non curanti delle sue rimostranze, lo condussero nella sala di ricondizionamento.

Coylock fece ritorno alla macchina dove ad attenderlo c'era il suo autista che partì sgommando. Durante il tragitto il politico telefonò al capo del centro di ricondizionamento per dirgli: «Non dovrà ricordare nulla, mi raccomando».

«Non si preoccupi Coylock, cancelleremo la memoria di Benedict e lo renderemo docile come un gattino.»

«Bene, lei sarà uno dei primi a trasferirsi su Silentium. Mantengo sempre le promesse.»

«Grazie, lo apprezzo davvero, anche la mia famiglia merita di respirare aria pulita.»

«Stia tranquillo, la sua discendenza potrà prosperare in un nuovo mondo.»

Facciamo ora un passo indietro per raccontare quali accordi avevano preso Benedict e Coylock prima della missione su Silentium. Il politico aveva ordinato all'astronauta di consegnare una scatola contenente alcuni oggetti a un abitante di Silentium.

«Tutto qui?» aveva chiesto Benedict.

«Tutto qui.»

«Signore non capisco. È chiaro che non possiamo conquistare quel pianeta inviando lì delle truppe, ma come riusciremo a sbarazzarci di quei trogloditi che vi abitano semplicemente consegnando loro questa scatola? Contiene forse un'arma batteriologica?»

«No Benedict, non contiene nulla di tutto ciò, ma qualcosa di più efficace.»

«Cosa?»

«Lo saprai a tempo debito, tu limitati a consegnarla a uno degli abitanti di Silentium. Posso solo dirti che al suo interno sono custoditi semplici oggetti. Nella nostra società, ma anche in altre del passato, è stato proprio il desiderio delle persone di possedere le cose materiali che le ha spinte a dare sfogo agli istinti più bassi. Vedrai, devi solo avere pazienza. Da anni sono in politica e ho imparato a rimanere in attesa per colpire al momento giusto. Chi agisce con impulsività non ottiene nulla: un grande fuoco attira l'attenzione, ma una piccola scintilla passa per lo più inosservata. Ecco, il contenuto di quella scatola è la scintilla che scatenerà l'incendio e cambierà gli assetti societari di Silentium. Presto gli abitanti di quel pianeta ci imploreranno di portare la nostra tecnologia da loro.»

«Capisco» rispose Benedict.

Torniamo ora ai giorni nostri per vedere cosa stava accadendo a Liontari che si era chiuso nella sua stanza per osservare ancora una volta il contenuto della scatola consegnatagli da Benedict. L'aprì con cura per estrarne pochi semplici oggetti, quali: un orologio da polso, due smartphone, un bracciale d'oro adornato con pietre preziose e diversi anelli di diamanti.

Quando aveva incontrato Benedict non era riuscito a comunicare con lui perché parlava una lingua sconosciuta, tuttavia aveva accettato in dono la scatola.

Era affascinato da tutte quelle cose. Per la prima volta nella sua vita stava sperimentando una strana sensazione che lo aveva condotto ad assumere uno sguardo torvo. In passato aveva posseduto diversi oggetti, ma nessuno di essi era mai riuscito a sollecitare un interesse così intenso come quello che stava provando. Amava guardarli, ne era talmente affascinato da temere di doversene separare. L'avidità era qualcosa che il suo popolo non conosceva, ma quel germe aveva appena trovato terreno fertile nell'animo di Liontari e stava cercando il modo di crescere il più rapidamente possibile.

In quel momento il suono metallico della capsula sigillata

riempì l'aria. Dopo aver interrotto il flusso dell'acqua, egli l'estrasse dal tubo per leggere il messaggio contenuto al suo interno. Era da parte di un amico che lo invitava a uscire, ma Liontari non intendeva abbandonare il suo tesoro nemmeno per un attimo perciò decise di rimanere a casa.

I giorni passarono e i suoi genitori cominciarono a preoccuparsi.

Con tono angustiato Limne si rivolse al marito dicendo: «Non è normale quel che sta accadendo a nostro figlio, dovremmo parlargli».

«Non ti devi preoccupare, si tratta di una fase che passano tutti i ragazzi, noi siamo le persone meno indicate per parlare con lui, forse Asterias riuscirebbe a capire meglio cosa passa nella testa di nostro figlio.»

Dunque la sorella andò a bussare alla porta di Liontari, ma non appena entrò nella sua stanza rimase stupita da quanto si trovò di fronte.

3

Liontari se ne stava raggomitolato in un angolo della stanza tenendo stretto tra le mani lo smartphone trovato nella scatola.

La sorella si fece avanti timidamente. «Stai bene? Cos'è quella cosa?»

«È eccezionale» rispose lui mostrando lo schermo luminoso dello smartphone.

«Dove lo hai preso?»

«Me lo ha dato un signore con indosso abiti strani.»

Fece una foto ad Asterias mostrandogliela con orgoglio. «Vedi? Ti cattura il viso.»

«Incredibile! Penso sia pericoloso, è meglio dirlo a mamma e papà.»

«Non se ne parla proprio, sarà il nostro segreto.»

«Ma noi condividiamo sempre tutto…» riuscì timidamente a ribattere lei poco prima di rimanere a bocca aperta di fronte al bracciale d'oro adornato con pietre preziose che il fratello aveva appena tirato fuori dalla scatola. Asterias lo indossò subito e un'espressione di avidità comparve sul suo viso.

I due fratelli rimasero diverse ore ad armeggiare con gli smartphone per capire come funzionassero e il giorno seguente decisero di non uscire dalla stanza. I genitori si preoccuparono di quel comportamento inusuale, ma nonostante le loro continue richieste non riuscirono a condurre i figli al campo per fargli incontrare, come di consueto, la comunità.

Il giorno successivo li convocarono per chiedere delle spiegazioni. Sul viso dei due fratelli erano apparse alcune rughe proprio al centro della fronte, tipiche di chi assume spesso l'espressione della rabbia.

«Ci dite cosa vi sta succedendo?» chiese Dasos con tono preoccupato.

Gli abitanti di Physis non mentivano mai perché non ce n'era alcun motivo, ma in quell'occasione i due ragazzi non dissero la verità. Fu così che venne detta la prima bugia da un abitante di Silentium.

«Stiamo crescendo e ci stiamo facendo delle confidenze» disse Liontari.

Asterias annuì per mostrarsi d'accordo con ciò che aveva affermato il fratello.

Non sapendo nemmeno cosa fosse una bugia, Limne sorrise sentendosi sollevata, poi notò l'orologio al polso del figlio e chiese: «Cos'è quell'oggetto?».

«L'ho chiamato Tic Tic perché questo è il suono che produce. Non so bene come funziona però contiene due piccole asticelle che girano. Quando il sole è alto anche loro vanno in alto, mentre al tramonto puntano verso il basso.»

«Me lo fai vedere più da vicino?» chiese il padre allungando la mano.

«Non posso perché è una cosa che non si può rimuovere dal polso.»

«Non lo puoi togliere, figlio mio?»

Limne intervenne dicendo al marito: «Se ti ha detto che non lo può togliere significa che è vero, non insistere».

«Va bene» rispose lui con sguardo pensieroso, poi indicando il bracciale al polso della figlia chiese: «Quella cosa luccicante invece cos'è?».

«È una decorazione.»

«Puoi darmela un momento?»

«Non posso perché un mio amico mi ha detto che non devo condividerla con nessuno.»

Dopo quella conversazione poco costruttiva, la famiglia Nosha andò a dormire. Il giorno seguente si recarono al campo e i figli furono circondati dagli abitanti di Physis che li tempestarono di domande per sapere di più sul bracciale d'oro, gli anelli con i diamanti e l'orologio. Liontari e Asterias che già avevano provato come ci si può sentire ad essere avidi, in quel momento sperimentarono anche la superbia. Più gli altri si mostravano ossequiosi nei loro confronti e più i due fratelli sentivano crescere il desiderio di essere ammirati.

Gli amici chiesero loro di poter provare quegli oggetti, ma quando ricevettero un secco rifiuto, provarono per la prima volta un sentimento sconosciuto: l'invidia.

Un forte rancore crebbe tra i giovani che si chiesero: «Perché non vogliono darci quegli oggetti? Nella nostra comunità condividiamo sempre tutto, non è giusto!».

Quella sera la famiglia Nosha si trovava a casa quando arrivarono molti messaggi nelle capsule sigillate da parte degli abitanti di Physis che invitavano i fratelli a condividere con la comunità gli oggetti in loro possesso.

Nonostante i genitori invitassero Liontari e Asterias a cedere per un periodo i vari oggetti agli altri, loro non li ascoltavano rifiutandosi categoricamente di ubbidire.

Il giorno successivo alcuni abitanti del villaggio si recarono presso l'abitazione della famiglia Nosha reiterando la richiesta di condividere gli oggetti, ma Liontari perse la pazienza e urlò: «Voi volete portarmeli via! Se ve li do non me li restituirete più! Andatevene!».

La rabbia era estranea a quel popolo e tanto bastò per mettere in fuga tutti. Limne lanciò uno sguardo preoccupato al figlio che andò a chiudersi in camera sbattendo la porta. La sera successiva gli abitanti del villaggio si ripresentarono dai Nosha e questa volta armati di bastoni.

«Cosa volete fare?» chiese Dasos.

«Chi non condivide con la comunità dovrà pagare un caro prezzo!» risposero loro con impeto. Sui volti di tutti era apparsa l'espressione della rabbia che tanto spaventò Limne.

Liontari fu spinto con forza all'indietro e proprio quando stava per cadere, tirò fuori dalla tasca lo smartphone e fece una foto a un uomo che tentava di colpirlo con un bastone. Il flash lo accecò per un momento inducendolo a indietreggiare.

Mostrando lo schermo dell'apparecchio alla folla, Liontari urlò: «Grazie a questo oggetto magico ho intrappolato l'anima di quel signore e mi basterà poco per porre fine alla sua vita! Andatevene subito!».

Come avvenuto la sera precedente, tutti si diedero alla fuga. Il giorno successivo il sole cominciò a irradiare la casa dei Nosha che era circondata da offerte di cibo. Gli abitanti di Physis avevano creduto alle minacce di Liontari e con quei doni stavano comunicando di volersi sottomettere a lui. Quel giorno segnò la nascita del primo leader di Physis: Liontari venne prelevato dalla sua abitazione da uomini vestiti a festa e portato su un trono fino al centro della città dove tutti si inchinarono promettendogli ubbidienza. Quel momento di giubilo fu interrotto da Asterias che con sguardo altezzoso tirò fuori dalla tasca lo smartphone. «Voglio essere trattata come lui, riservatemi gli stessi onori!»

Un altro trono fu portato a spalla dalla folla. Liontari non voleva condividere con nessuno la nuova carica di leader, quindi cominciò a litigare con la sorella e la spinse con tale forza da farle sbattere la testa contro un muro.

Quando si rese conto di averle provocato una ferita, fuggì verso il bosco dove rimase per un po' di tempo.

Da quel giorno il villaggio di Physis venne diviso in due da un alto muro che fungeva da spartiacque tra le due neo fazioni rivali. Quella orientale appoggiava Liontari, mentre quella occidentale Asterias. I due fratelli erano serviti dai loro nuovi sudditi e avevano cominciato a sperimentare emozioni e sensazioni nuove. L'odio, l'avidità e l'invidia divennero sentimenti piuttosto comuni tra la popolazione che non perdeva occasione di mostrarsi aggressiva con l'altra fazione al di là del muro.

Liontari ordinò di abbattere tutte le abitazioni a forma di cono e di costruire nuovi edifici sulla superficie della terra. Quando questi cominciarono a superare in altezza perfino il muro di divisione della città, Asterias ordinò di fare altrettanto, anzi, chiese che gli fosse costruito un palazzo ancora più alto.

In poco tempo tutti gli alberi del bosco vennero abbattuti per procurare il legname necessario alla costruzione del palazzo.

Nel frattempo Dasos e Limne che più volte avevano provato a far ragionare i figli, vennero trattati in malo modo e furono costretti a ritirarsi nella loro abitazione a forma di cono, unica testimonianza rimasta di un popolo che ormai non adorava più la natura e i suoi elementi.

Un giorno un contadino stava arando il campo quando scoprì un minerale scintillante che portò a Liontari. Egli ne fu a tal punto affascinato da ordinare ai suoi sudditi di iniziare a scavare per cercarne ancora. La voce giunse ad

Asterias che non esitò a impartire lo stesso ordine ai suoi fedeli servitori. Da quel giorno si cominciarono a scavare tunnel profondissimi che si estendevano verticalmente verso il centro del pianeta. Vennero estratte grandi quantità di minerale che inizialmente furono utilizzate per adornare i due palazzi dei fratelli, in seguito però divennero una merce di scambio. Fu così che nacquero le disparità sociali perché chi ne possedeva una quantità considerevole poteva disporre di più potere, mentre chi ne aveva meno era costretto a condurre una vita misera.

4

Liontari trovò il modo di far produrre delle repliche del suo orologio e così il tempo cominciò a scandire la vita degli abitanti di Physis. Mentre prima il sole e la luna erano il punto di riferimento delle persone per condurre le loro attività, ora gli orologi avevano assunto un'importanza fondamentale. Nessuno più rivolgeva lo sguardo al cielo.

Asterias venne a sapere di questo fatto e per non essere da meno, soprattutto per non perdere di credibilità agli occhi dei cittadini che governava, fece a sua volta costruire decine di orologi. Com'era da aspettarsi solo i più ricchi potevano permettersi di acquistarli e l'invidia crebbe ancora di più in tutta la popolazione.

Pur di mettere le mani sul minerale e poter comprare case e altri beni le persone rinunciarono ai pacifici ideali che un tempo tanto avevano animato la vita dei loro avi e cominciarono a commettere furti e omicidi. Per garantire l'ordine venne creato un corpo di polizia e con esso numerose leggi, regole, norme, ma per mantenere tutto ciò serviva un apparato burocratico. Vennero quindi realizzati numerosi uffici e assegnate nuove cariche creando capi e sottoposti. Ciò aumentò ancora di più le disuguaglianze sociali.

Il villaggio di Physis stava pian piano mutando, infatti i suoi confini vennero estesi oltre le montagne e assunse le dimensioni di una città. Gli abitanti dei villaggi presenti su Silentium inizialmente non capirono cosa stesse accadendo a Physis, ma ben presto anch'essi furono contagiati dall'avidità dimenticandosi dell'educazione, della cultura e del rispetto per il luogo nel quale erano nati. Tutto d'un tratto vennero a mancare i punti di riferimento che in passato avevano guidato così saldamente la vita su quel pianeta. Gli elementi della natura non erano più adorati da nessuno, inoltre poche persone si riunivano ancora come un tempo per celebrare il raccolto, piuttosto ognuno viveva nella propria abitazione e non condivideva il suo tempo con gli altri. Nacquero anche nuove divinità a cui furono date le sembianze di statue rivestite dal preziosissimo minerale scoperto nel sottosuolo.

Difficilmente si trovava qualcuno che fosse ancora in armonia con la natura, anzi, questa era ritenuta solo una cosa da sfruttare per generare profitti.

Fu allora che una nave spaziale atterrò non lontano da Physis. Ne scese Coylock che scortato da uomini armati si recò nel centro della città. Con un megafono pronunciò al popolo il seguente discorso: «Anche se non capite cosa sto dicendo voglio farvi sapere che ho qui dei regali per voi. Meritate di più di qualche cristallo e misere case di legno!».

Fece portare delle casse contenenti numerosi smartphone collegati a piccoli pannelli solari che vennero distribuiti agli abitanti della parte orientale e occidentale della città. Tutti accettarono di buon grado il dono e conobbero quella tecnologia. Non ebbero più bisogno né di Liontari né di Asterias perché con quei nuovi device si sentirono come degli dei. In più scoprirono come fosse impossibile intrappolare in essi un'anima e si resero conto che Liontari aveva mentito affermando ciò. Fu un altro giorno importante per la città di Physis perché i suoi abitanti conobbero la menzogna e impararono immediatamente a usarla per trarne vantaggio.

Coylock fu acclamato come nuovo leader e ben presto l'atmosfera venne attraversata da centinaia di astronavi con a bordo le persone più facoltose di Livor. Il resto della popolazione, composta per lo più dalla classe media, non potendo permettersi di pagare il biglietto per salire a bordo delle navi spaziali era rimasta su Livor, ormai irrimediabilmente inquinato.

Liontari e Asterias tornarono a vivere dai genitori che, nonostante il modo in cui erano stati trattati dai figli, li accolsero a braccia aperte nell'unica abitazione a forma di cono ancora presente da quelle parti.

Gli anni passarono e il figlio di Coylock di nome Brussio, un uomo dall'aspetto tetro come quello del padre, divenne governatore di Silentium sul quale la maggior parte degli abitanti ormai conduceva una vita all'insegna del consumismo più sfrenato. Una mattina Brussio si trovava nel suo palazzo e stava valutando con i consiglieri come arginare il problema dell'inquinamento, quando ricevette una notizia che accolse con entusiasmo. Un astronomo aveva appena scoperto un nuovo pianeta caratterizzato da verdi pianure e limpidi corsi d'acqua.

Brussio si rivolse al padre che ormai era divenuto molto anziano, per sapere cosa ne pensasse di quella notizia. Senza il minimo cenno di esitazione egli rispose: «Nessuno dovrebbe sottovalutare il potere racchiuso in una piccola scintilla perché la sua tenue luce può innescare grandi cambiamenti: preparate una scatola e metteteci dentro degli oggetti!».

La morale del brigante

1

Eleonora Sechapper se ne stava nella cella in attesa di ricevere la torta per festeggiare il suo quarantaduesimo compleanno. L'umidità presente in quel posto le stava penetrando nelle ossa, ma lei di questo si curava poco perché aveva un piano per andarsene da lì.

"Le guardie carcerarie staranno cercando di capire se all'interno della torta sia stata nascosta una lima." si disse, poi sussurrò: «Come sono prevedibili e lo sono anche l'ispettore Jack Valandine e suo figlio Al che per anni hanno dato la caccia a me e mio padre credendo davvero di poterci mettere nel sacco».

Le tornarono in mente alcuni episodi dell'infanzia legati a suo padre che si chiamava Maurice. Un giorno le aveva detto: «Vuoi imparare a stare al mondo? Allora devi riempire il tuo cervello di nozioni. Se lo farai, sarai in grado di vendere fumo alla gente».

«Cosa intendi dire papà?»

«Hai presente quando a casa accendiamo il camino? Il fumo è qualcosa che non ha alcun valore, ma se sarai abbastanza abile riuscirai a venderlo a un prezzo esorbitante. Per fare ciò dovrai imparare a comunicare efficacemente e a leggere i segnali del corpo che le altre persone ti inviano durante una conversazione. Non lo dimenticare mai piccola Lele.»

«Perché dovrei vendere il fumo alla gente?»

«Per conquistarti il tuo angolo di paradiso sulla Terra. Se venderai il fumo alle persone guadagnerai dei soldi e se ne avrai abbastanza potrai ottenere la cosa che tutti desiderano di più al mondo: il tempo libero. In poche parole non dovrai lavorare per vivere e soprattutto non avrai alcun manager che ti dirà cosa fare e quando farlo. In questo modo ti guadagnerai la libertà che purtroppo nella società attuale è una cosa assai rara perché ognuno, che gli piaccia o no, è costretto a lavorare. Scoprirai che il lavoro è una specie di schiavitù.»

«Papà, non capisco bene quello che mi stai dicendo.»

«Ora sei troppo piccola, ma un giorno tutto ti sarà chiaro. In futuro troverai centinaia di persone che ti diranno: "È una tua scelta quella di lavorare, nessuno ti obbliga". La verità invece è che non si può scegliere se lavorare o meno perché si è costretti a farlo se si vuole vivere nella società moderna. Ecco perché dico che è una sorta di schiavitù mascherata da libertà.»

Le idee di Maurice erano piuttosto radicali e affondavano le radici nell'ambiente povero dal quale egli proveniva. Suo padre era stato un boscaiolo, mentre sua madre aveva lavorato saltuariamente come cuoca a casa di ricchi signori. Ella proveniva da una famiglia di contadini emigrati dalla Francia agli Stati Uniti, perciò aveva proposto al marito di dare al figlio un nome molto diffuso nel suo paese natale. Fu così che il padre di Eleonora venne dato il nome di Maurice. Non appena compì sei anni fu mandato in strada a mendicare ed essendo un bambino piuttosto sveglio riusciva a mettere in atto diversi stratagemmi per portare a casa qualche soldo. Spesso piegava la gamba verso la coscia per coprirla con il pantalone e fingere di essere invalido, oppure fletteva il braccio fasciandolo stretto per dare l'impressione di non averlo.

Fu proprio in quel periodo che Jack Valandine, un giovane ispettore di polizia, cominciò a interessarsi a lui. Gli era stato assegnato un caso semplice, giusto per fargli fare le ossa e prendere confidenza con il mestiere. Il suo compito era quello di avvicinare i bambini che chiedevano l'elemosina per scoprire se ci fosse qualcuno che li stesse sfruttando. Varie volte aveva provato ad acciuffare Maurice, ma il bambino era stato abbastanza scaltro da sfuggirgli.

Alla vista di Maurice i passanti si impietosivano e gli davano sempre qualche soldo; il bambino era molto furbo e riusciva sempre a ottenere una discreta quantità di denaro sfruttando a dovere la sua creatività. Raccontava ai suoi benefattori di essere scappato da un circo dove il proprietario lo aveva costretto a lavorare nella gabbia dei leoni che un giorno gli avevano divorato gli arti. Ad altri passanti Maurice raccontava di aver perso una gamba mentre stava scavando in una miniera per guadagnare un tozzo di pane per sfamare sua sorella che era gravemente malata. Queste e altre storie di fantasia sembravano sortire un certo effetto sulle persone che, mosse a compassione, oltre a una cospicua quantità di denaro, a volte gli regalavano anche del cibo.

Torniamo ora nella cella dove era rinchiusa Eleonora che stava ripensando agli episodi della sua infanzia e al padre Maurice. Una guardia carceraria fece scivolare sotto la porta un vassoio con il cibo, ma lei era stufa di mangiare sempre le stesse cose insipide, quindi, pur sapendo che nessuno le avrebbe mai risposto, esclamò: «Sto aspettando una torta! Non mangio quella robaccia senza sapore!».

Udì i passi della guardia che si allontanava nel corridoio, allora decise di tornare a richiamare alla mente gli eventi del passato.

Nel giorno del suo decimo compleanno, il padre le aveva raccontato un episodio accadutogli quando era piccolo. «Lele, devi sapere che una volta feci un colpaccio. Ero ancora un bambino quando un'anziana nobildonna si fermò ad ascoltare la storia del leone che mi aveva sbranato il braccio. Mi offrì di andare a casa sua per una tazza di latte e chiaramente accettai l'invito, ma quando arrivai lì trovai un medico che volle visitarmi. Rifiutai perché se mi fossi tolto i vestiti avrebbe scoperto che avevo tutti gli arti intatti, ma non riuscii a farlo desistere.»

«Dimmi cosa accadde papà! Sono curiosa!» esclamò la figlia legandosi i lunghi capelli castani dietro alla nuca.

«Beh, a nulla valsero le mie lamentele e alla fine rimasi

da solo con il dottore che si accorse subito degli arti fasciati. Mi disse che avrebbe informato di quella truffa la nobildonna. Io mi misi a piangere implorandolo in ginocchio di cambiare idea, ma lui fu irremovibile e aggiunse che mi avrebbe condotto personalmente dalla polizia perché un gesto disonesto come il mio meritava una punizione esemplare.»

«Davvero una situazione complicata!»

«Tu cosa avresti fatto, piccola Lele?»

«Non lo so proprio papà.»

«La tua risposta è senza senso. In futuro ti troverai di fronte a mille difficoltà e "non lo so proprio" è una risposta da perdenti, da poveri d'ingegno e gente con poca creatività. Sopravvive chi trova delle soluzioni, chi invece non è in grado di farlo perisce.»

Maurice stava cercando di insegnare alla figlia a cavarsela nella società che egli stesso definiva come una "giungla popolata da animali pronti a sbranare altri animali". Continuò dicendo: «Quando mi trovavo di fronte al medico feci ricorso a tutte le mie risorse mentali e gli dissi che se non mi avesse retto il gioco avrei rivelato alla nobildonna la verità. Allora lui mi chiese: "Di quale verità parli, ragazzo?". Io risposi che un medico rispettabile non avrebbe dovuto frequentare donne di malaffare. Aggiunsi di aver notato del fango sul tacco delle sue scarpe».

«Papà non ti seguo.»

«Fammi finire Lele. La comunicazione tra due persone è come una danza, abbi pazienza e sappi muoverti al momento giusto altrimenti perderai il ritmo. Dicevo, il fango sul tacco delle scarpe mi aveva portato a pensare che era stato in una casa dove le donne usavano passare del tempo con gli uomini in cambio di denaro.»

«Non poteva aver sporcato le scarpe camminando per strada?»

«No. Ci trovavamo in estate e l'unico posto dove c'era il fango era proprio vicino all'acquitrino sul quale si affacciava questa casa gestita da donne che offrivano agli avventori i loro servigi. Inoltre il fango ormai rappreso sulle scarpe aveva ancora nel mezzo un tipico quadrifoglio che cresce solo nell'acquitrino.»

«Il medico ha quindi accettato la tua proposta?»

«All'inizio no. Disse che per quanto le mie acute osservazioni potessero avere un senso, non sarebbero bastate a incastrarlo. Rimosse con un fazzoletto bagnato il fango dalle scarpe e guardandomi negli occhi con sguardo di sfida esclamò: "A te la prossima mossa, moccioso!". Io non mi persi d'animo e gli chiesi se intendeva lavare anche il polsino della camicia che era sporco di rossetto, aggiunsi che avevo notato la fede che portava al dito e che avrei scoperto dove abitava per capire se la moglie aveva mai sentito parlare della casa dell'acquitrino. Conclusi il mio intervento dicendo che avrei potuto fare una camminata fin lì con la moglie per chiedere se qualcuno l'aveva mai visto da quelle parti. Finì che il medico non disse nulla alla nobildonna e io me ne tornai a casa con un bel gruzzolo.»

«Ingegnoso!»

«Lo è. Io e te abbiamo un dono, cioè riusciamo a capire in anticipo quale effetto avranno le nostre parole sugli altri.

Le persone come noi non dicono mai nulla a caso, pesano le parole e le utilizzano per raggiungere uno scopo ben preciso, ecco perché siamo diversi dai truffatori da quattro soldi. La nostra è un'arte che va sviluppata tramite l'istruzione e l'educazione. Studia per crearti una posizione di riguardo e guadagnarti il rispetto delle persone. Quando sarai considerata per quel che sei, potrai meglio utilizzare le arti comunicative per accaparrarti il favore del prossimo. Inoltre, sfrutta la cultura per avere sempre un buon argomento di conversazione e per fare colpo sugli altri. Sii educata e tutte le porte ti si apriranno. Ricorda: cultura ed educazione sono la base per conquistare le persone.»

«Papà, ma in questo modo non rischio di imbrogliare il prossimo?»

«Imbrogliare? Niente affatto, non appena avrai capito come ragionano i tuoi interlocutori dirai loro semplicemente quello che vogliono sentirsi dire. Vedi piccola mia, ognuno di noi per natura è attratto dalle persone simili, quindi se io incontrassi un professore di storia, gli parlerei del grande Impero Romano o degli egiziani, se invece incontrassi un appassionato di ippica mi soffermerei a parlare con lui di cavalli. Se invece avessi di fronte una persona che ha subito dei drammi famigliari le direi, anche se non è vero, di aver a mia volta vissuto dei drammi in famiglia. Bisogna essere versatili.»

«Versatili?»

«Proprio così. Potrei parlare per ore con qualcuno di cose frivole o, al contrario, con qualcun altro di argomenti "impegnati" come la fisica, la storia, la chimica, ecc. Nella vita bisogna sapere un po' di tutto se si vuole risultare interessanti agli occhi delle altre persone. Molta gente si dedica solo a quello che le piace fare e questo è un errore, io invece mi interesso a tutto, anche alle cose che detesto. Per esempio, non mi piacciono affatto gli scacchi eppure spendo del tempo per approfondirne le regole. Oppure, detesto cucinare, ma leggo libri scritti da chef famosi e faccio pratica ai fornelli con il solo scopo di avere un buon argomento di conversazione con il prossimo e stabilire con lui una buona sintonia.»

«Quindi se capisco che qualcuno è stato adottato da piccolo, dovrei a mia volta dirgli che sono stata adottata solo per stabilire una buona connessione?»

«Esattamente.»

Nonostante Eleonora fosse ancora una bambina, conosceva bene il concetto di giusto e sbagliato, quindi, proprio come avrebbe fatto un adulto, pose la seguente domanda: «Cosa ne sarebbe della mia coscienza?».

«La coscienza, piccola mia, è qualcosa che appartiene solo all'essere umano. In natura il predatore uccide la preda senza farsi troppi problemi. Pensi che un leone dopo aver sbranato la gazzella si senta in colpa? Il mondo è come una giungla e noi siamo gli animali che la abitano: ogni giorno possiamo scegliere se essere prede o predatori, se sopravvivere o soccombere. I concetti che ti sto illustrando servono a renderti una predatrice. Proprio come il leone dovrai destreggiarti in una pericolosa giungla popolata da persone pronte ad approfittarsi della tua bontà.»

«Capisco.»

«Non lasciare che la coscienza rappresenti un peso per te. Con questo non sto dicendo che devi diventare una persona senza scrupoli, anzi, tutto il contrario. Noi non uccidiamo nessuno, ma cerchiamo di stare sempre sulla cresta dell'onda per garantirci di vivere bene. Vedi piccola mia, ognuno di noi ha un certo numero di anni a disposizione da trascorrere sulla Terra. Devi immaginare il tempo come un paffuto signore al quale non importa un fico secco se sei ricco o povero, lui passa inesorabile e quando arriva il tuo momento ti annuncia che devi lasciare il mondo. Quindi tutti nascono, vivono e muoiono, ma la differenza la fa come ognuno decide di vivere. Se si sceglie di essere un predatore si rischierà di più rispetto a chi passa l'esistenza nell'oscurità di una tana, ma si spenderà il proprio tempo alla luce del giorno: da re della foresta.»

Eleonora pendeva dalle labbra del padre e in quel momento desiderava apprendere ogni cosa per poter presto mettere in pratica i suoi insegnamenti. Lui era il suo unico punto di riferimento perché la madre l'aveva abbandonata per recarsi in Europa e inseguire il sogno di diventare un'attrice di teatro. Maurice si era sempre occupato della figlia e non le aveva mai fatto mancare nulla, anche se per sfuggire all'ispettore Jack Valandine era stato costretto a trasferirsi di città in città. Raramente parlava alla piccola della madre, ma l'aveva sempre descritta come una bellissima donna.

2

Eleonora se ne stava nella sua cella e pensava ancora al padre che le mancava molto. A un tratto le venne in mente un altro episodio accaduto quando era ancora una bambina. Un giorno con Maurice si recarono al parco dei divertimenti dove l'impiegata al botteghino li accolse con un sorriso. Dopo aver esaminato i biglietti disse: «Signore, mi duole informarla che sono falsi».

«Falsi?»

«Vede qui?» disse lei alzando il biglietto verso l'alto «in trasparenza si dovrebbe leggere il nome del parco, ma non c'è. Purtroppo non posso lasciarla passare.»

«Capisco, non c'è problema» rispose lui accostando la bocca all'orecchio della figlia per sussurrarle: «Ora dovresti far finta di piangere».

Eleonora si coprì gli occhi con le mani e fece come le aveva detto il padre. Lui la strinse forte al petto e rivolgendosi all'impiegata, chiese: «Potrei conoscere il suo nome?».

«Mi chiamo Margaret.»

«Ha figli Margaret?»

«Sì, uno di cinque anni.»

«Come si sentirebbe se da mesi promettesse a suo figlio di portarlo qui e scoprisse di essere stata truffata da un individuo che le ha venduto dei biglietti falsi?»

«Beh, certamente non mi sentirei bene, però signore le regole sono regole e non posso farla passare.»

«Capisco Margaret, ha ragione. Lei è comunque molto

gentile. Non è mia intenzione insistere, è solo che ho speso tutti i miei risparmi per comprare questi biglietti e ora dovrò trovare il modo di procurarmi un tozzo di pane per far cenare mia figlia.»

L'impiegata si portò una mano al petto mostrando di essere molto dispiaciuta per quanto stava udendo.

Maurice concluse dicendo: «Mi dia solo un momento».

Si allontanò di qualche metro per raggiungere un'aiuola e staccare un fiore che porse alla donna. «Questo è un piccolo omaggio per lei, perché è stata gentile e soprattutto molto scrupolosa nel suo lavoro.»

Rivolgendosi alla figlia la invitò a ringraziarla. Eleonora con la voce rotta dal pianto disse: «Grazie signora».

«Veramente non ho fatto nulla…» rispose a bassa voce Margaret, ma Maurice la interruppe: «Invece ha fatto molto. Mi ha dato l'opportunità di insegnare a mia figlia che al mondo c'è ancora gente come lei che svolge scrupolosamente il suo lavoro con una dedizione encomiabile. Se mi è consentito chiedere: che mestiere facevano i suoi genitori?».

«Mia madre era casalinga, mentre mio padre insegnava all'università.»

«Ah! Lo vede? Non mi sbagliavo! Anche io insegnavo matematica all'università anche se adesso attraverso un brutto momento.»

«Come fa a sapere che mio padre insegnava matematica?»

«Ho notato la spilla che lei ha sul bavero della divisa. I numeri e le radici quadrate mi hanno fatto capire che lei non disdegna la matematica, quindi ho ipotizzato che abbia ereditato questa passione da un genitore o un da amico. Quando poi mi ha detto che suo padre insegnava all'università, ho semplicemente tratto una conclusione logica.»

«È molto intelligente signore.»

«La prego, mi chiami Maurice. Ora però non voglio trattenerla oltre, posso solo dirle che questa conversazione è stata davvero piacevole. Spero un giorno di incontrarla di nuovo, ma in circostanze migliori. Au revoir madame.»

«Parla francese?» disse la donna visibilmente affascinata da quell'uomo così garbato.

«Certamente e anche italiano e spagnolo.»

«È una persona molto colta e se mi è permesso di dirlo, i suoi modi sono estremamente gentili. Una rarità al giorno d'oggi.»

«La ringrazio. Un talento come lei non dovrebbe star qui a vendere i biglietti, ma capisco che ognuno di noi ha una storia alle spalle. A volte la vita ci mette di fronte degli imprevisti.»

«Ha colto nel segno. Ora non le starò a spiegare il perché svolgo questo lavoro, ad ogni modo lei sembra proprio essere una delle poche persone che mi capisce.»

Lui sorrise, annuì e cominciò ad allontanarsi.

«Papà, ma andiamo via?» chiese Eleonora.

«Aspetta e vedrai, cammina lentamente.»

Maurice si sentì chiamare da Margaret. «Signore! Aspetti! Senta, io non posso farla entrare con i biglietti falsi però la prego di accettare un regalo.»

Gli porse due biglietti d'ingresso al parco, aggiungendo: «Con questi potrà entrare durante la settimana, magari può tornare con sua figlia».

«Anima gentile! Non so proprio come ringraziarla» disse lui togliendosi il cappello per significare tutto il suo apprezzamento verso Margaret che dal canto suo ricambiò con un sorriso. Le buone maniere di quell'uomo, la sua educazione, il tono della voce, la cultura e l'aspetto fisico l'avevano letteralmente conquistata e la sensazione che lei provava era quella di avere di fronte un amico di vecchia data, uno che la conosceva bene e che la comprendeva.

Non appena Maurice si fu allontanato, la figlia con tono infastidito disse: «Papà, ho imparato molto dalla chiacchierata con la signora. L'unica cosa è che vorrei andare al parco oggi e non durante la settimana!».

«Piccola mia, l'impulsività non ti condurrà da nessuna parte. Ti offusca la mente proprio nel momento in cui dovresti essere più razionale. Ricorda: prima pensa e poi parla. Riformula la frase.»

«Va bene» disse lei con tono pacato «avrei davvero tanta voglia di andare al parco oggi.»

«Ci andrai oggi e anche durante la settimana. Seguimi.»

Nel frattempo l'ispettore Jack Valandine era sulle loro tracce e si stava aggirando da quelle parti per arrestare Maurice e condurre sua figlia in un istituto di correzione. Da anni dava loro la caccia e il fatto di non essere mai riuscito ad acciuffarli aveva influito negativamente sulla sua carriera. Al distretto dove lavorava tutti lo prendevano in giro perché anziché dedicarsi ad altri casi, così come facevano i suoi colleghi, spendeva tutte le sue energie per dare la caccia a Maurice, ma ogni volta che stava quasi per prenderlo, lui riusciva a fuggire usando decine di travestimenti diversi o trucchi degni del miglior illusionista al mondo. Jack si ripeteva in continuazione: "Questa volta non mi scappi, fosse l'ultima cosa che faccio. Ognuno di noi ha uno scopo sulla Terra e il mio è chiaramente quello di assicurarti alla giustizia".

In quel momento Maurice si stava avviando a passo sicuro verso un ingresso secondario del parco destinato ai dipendenti e presidiato da una guardia dall'aspetto molto curato. «Signore, questo ingresso è riservato al personale.»

«Certamente e ti ringrazio per avermelo fatto notare. Posso chiederti come ti chiami?»

«Mi chiamo Aaron.»

«Mi devi perdonare Aaron. Mi confondo sempre con gli ingressi, lo dicevo poco fa anche a mia cugina Margaret che lavora al botteghino. La conosci?»

«Certo che la conosco! Spesso ci fermiamo a parlare insieme ed è molto simpatica.»

«Lo è davvero! Pensa che mio zio, cioè il padre di Margaret, mi dava ripetizioni di matematica.»

«Ah, io l'ho conosciuto solo tramite i racconti di Margaret, ma da quanto ho capito si trattava di una splendida persona.»

«Papà» disse a bassa voce Eleonora «perché ogni volta che parli con qualcuno cominci il discorso chiedendo il suo nome?»

«Per stabilire sintonia. Se ti rivolgerai alle persone

utilizzando il loro nome si sentiranno considerate. Comincia sempre una conversazione chiedendo il nome della persona che hai di fronte e poi cerca di notare come va vestita, se indossa gioielli, oppure spille o qualsiasi cosa possa darti la possibilità di mostrare che hai le sue stesse passioni, i suoi stessi hobby e così via.»

Diede rapidamente questa risposta alla figlia, badando di non essere udito dalla guardia. Subito dopo Maurice disse: «Aaron, non ho potuto fare a meno di notare che indossi un orologio molto bello».

«Ah, questo?» rispose l'altro alzando il braccio e tirando indietro il polsino della camicia per mostrare l'oggetto. «Si tratta di un'imitazione, purtroppo con quello che mi pagano non posso permettermi l'originale.»

«L'avevo capito che eri un appassionato» rispose Maurice avvicinandosi al suo interlocutore. Beh, si dia il caso che il mio vecchio, il fratello del padre di Margaret, commerciava in orologi di un certo livello che solo le persone come te e me sanno apprezzare.»

«Davvero?»

«Certo! Qui ho un oggetto di valore che forse potrebbe piacerti. In realtà avrei dovuto consegnarlo personalmente al manager del parco dei divertimenti, ma sembra che oggi non possa ricevermi.»

«Il signor Fergusson?»

«Sì, esatto, proprio lui. Comunque mi sei simpatico e meriteresti un posto di responsabilità. Non posso credere che una persona con le tue qualità e con un aspetto così curato sia destinata a piantonare un ingresso secondario del parco.»

«È quello che dico sempre anche io!» rispose la guardia.

«Quando incontrerò il signor Fergusson, con il quale sono in confidenza, gli dirò di considerare la tua posizione in modo più attento.»

«Non è necessario.»

«Lo è invece, si vede che sei una persona sveglia e soprattutto scrupolosa.»

Maurice tirò fuori dalla tasca un orologio in ceramica nera e disse: «A casa ne ho trentadue identici, per me non è un problema separarmene e sarei felice di donarlo a te».

«Non posso accettare» rispose Aaron visibilmente imbarazzato.

«Consideralo un dono da parte del cugino di Margaret» rispose l'altro dandogli l'orologio.

«Io… posso almeno darti cento dollari? È tutto quello che ho in tasca.»

«Sebbene non accetti contanti da nessuno, soprattutto da persone simpatiche come te, questa volta farò un'eccezione per toglierti dall'imbarazzo. Ti farò avere tramite Margaret la garanzia dell'orologio e in più devolverò i cento dollari in beneficenza.»

La guardia diede il denaro a Maurice che gli strinse la mano vigorosamente. Dopo aver fatto qualche passo, si voltò mostrando ad Aaron i biglietti ricevuti in precedenza da Margaret coprendo con il dito la data che ovviamente non era quella odierna. «Con questi devo andare all'entrata principale o posso passare da qui?»

«Non serve tornare indietro, passa da qui. Ricordati solo

di andare all'ingresso per farti validare i biglietti» rispose la guardia.

Padre e figlia entrarono nel parco dei divertimenti gratis e ovviamente non si diressero verso l'ingresso così come aveva consigliato Aaron. Maurice aveva sempre nelle tasche qualcosa di contraffatto da utilizzare come merce di scambio per persuadere le persone che incontrava. Oltre a qualche orologio, c'erano anche collane, anelli, bracciali e monete.

«Vedi figlia mia, quell'orologio l'ho pagato venti dollari e l'ho rivenduto a cento.»

«Come facevi a sapere che la guardia ti avrebbe dato quei soldi?»

«Non lo sapevo. Le persone tendono a credere a quanto gli dici, soprattutto se rendi la storia veritiera arricchendola di particolari. Prima però devi stabilire con loro una certa sintonia. Hai visto Aaron? Inizialmente sembrava scontroso e manteneva le braccia conserte.»

«Cosa significa questo?»

«Il linguaggio del corpo è importante, sappi che le persone comunicano di più con il loro corpo che con le parole. Quando ho cominciato a ottenere la sua fiducia, Aaron ha abbassato le braccia assumendo una posizione più rilassata. Quello è stato il segnale che mi ha fatto capire di aver raggiunto un primo risultato. Con le persone devi provare a trattare un certo argomento e se poi noti dal linguaggio del corpo o dalle espressioni del volto che lo gradiscono, non devi fare altro che insistere. Se invece ti accorgi che si mostrano chiuse o poco interessate, puoi provare a parlare d'altro finché non scopri cosa attiva in loro una reazione d'interesse.»

Quel giorno l'ispettore Jack Valandine girò in lungo e in largo per il parco. In un paio di occasioni gli era sembrato di vedere Maurice e la figlia tra la folla, ma non appena aveva provato ad avvicinarsi i due si erano dileguati.

Maurice, paradossalmente, si era affezionato a Jack nonostante non lo avesse mai conosciuto di persona. In un certo senso gli faceva pena perché nell'arco di tutti quegli anni non era mai riuscito ad arrestarlo.

Giunse la sera e le luci del parco si accesero illuminandolo di mille colori. Maurice con la figlia si stavano dirigendo verso l'uscita quando Jack Valandine, con indosso una barba finta per non essere riconosciuto, riuscì ad avvicinarsi a Eleonora che stava parlando con un venditore di palloncini. Non appena l'ispettore tirò fuori le manette, la piccola bucò un palloncino con una forcina e urlò: «La pistola! Chi ha sparato?».

Presi dal panico gli avventori del parco cominciarono a correre verso l'uscita. Quel diversivo consentì a Maurice e a sua figlia di darsela a gambe.

3

Eleonora se ne stava ancora nella sua cella a guardare la luna crescente attraverso le grate di ferro. Dopo aver ricordato l'episodio avvenuto nel parco dei divertimenti, cominciò a pensare agli anni trascorsi prima del suo arresto.

Dal padre aveva imparato a usare a dovere l'arte della

comunicazione, così come a servirsi dell'educazione e della cultura per fare in modo di risultare gradevole alle persone. Seguendo proprio il consiglio di Maurice aveva frequentato l'università laureandosi in filosofia con il massimo dei voti. Era una donna intelligente, astuta e dalla bellezza disarmante. I capelli castani ricci le davano un aspetto vivace, mentre gli occhi neri lasciavano trasparire l'indomabilità del suo spirito. La bocca carnosa e la simmetria del volto la rendevano davvero attraente, così come la statura decisamente sopra la media.

A chi le chiedeva che tipo di lavoro svolgesse, lei rispondeva sempre con la stessa frase evasiva: «Difficile poter definire cosa faccio. Si tratta di uno strano mestiere che prevede di saper negoziare con le persone. In parole povere, con la cultura catturo la loro attenzione mentre con l'educazione stabilisco un legame empatico».

Questa risposta spiazzava i suoi interlocutori lasciandoli interdetti, ma a lei poco importava perché vedeva il mondo come un parco giochi dove esercitarsi giornalmente nell'arte della comunicazione.

In realtà non faceva un mestiere tanto diverso da quello del padre ed era diventata anche lei una truffatrice molto scaltra. Jack Valandine aveva smesso di darle la caccia e ormai era andato in pensione, ma suo figlio Al Valandine, un tipo dalle spalle larghe, gli occhi verdi e i capelli neri come la pece, aveva raccolto l'eredità del padre scegliendo di arruolarsi nella polizia. Proprio come aveva fatto Jack negli anni precedenti, Al non si dedicava ad alcun altro caso perché era ossessionato dall'idea di arrestare la famiglia

Sechapper e spesso si ripeteva: "Maurice ormai è sparito dalla circolazione e forse sarà morto, ma non avrò pace finché non sarò riuscito ad acciuffare la figlia! Devo farlo per mio padre, è una sfida che dura da anni e non posso perderla!".

Eleonora non aveva mai pensato di mettere su famiglia perché, così come le aveva suggerito il padre sin da quando era ancora una bambina, doveva dedicare ogni attenzione a sé stessa, cercando di procurarsi una certa agiatezza economica.

Non appena terminata l'università, il padre le consigliò di andare a fare esperienza per il mondo ma non le diede nemmeno un centesimo e le disse: «Sei grande ormai, ti ho insegnato tutto ciò che so, ora sta a te metterlo in pratica. Se ti dessi del denaro non ti metterei in condizione di esercitare le tue buone qualità e in questo modo ti nuocerei, piuttosto preferisco che tu vada là fuori a conquistarti un angolo di paradiso. Io sarò sempre qui ad aspettarti. A prima vista il mio atteggiamento può sembrare duro, ma con il tempo capirai quanto sia utile andare per il mondo - che è un po' come una giungla - e trovare la maniera di sopravvivere».

Sebbene all'epoca Eleonora fosse ancora giovane era dotata di una grande maturità e non si oppose alla decisione del padre, perciò mise qualche vestito in valigia e partì con il primo treno per l'Arizona. La sua bellezza le consentiva di trovare sempre qualche uomo gentile disposto a offrirle il pranzo o la cena, ma data la reticenza a intraprendere qualsiasi rapporto di coppia, non legava mai con nessuno.

Cominciò a lavorare in un ristorante come cameriera e

grazie all'astuzia affinata nel corso degli anni riuscì a guadagnare più di ogni altro suo collega.

Un giorno si presentò al ristorante una famiglia composta da due genitori e tre figlie. Eleonora notò subito al collo del padre una collana da cui pendeva una croce, quindi si abbottonò la camicetta per dare l'impressione di essere una persona pudica e infine rovistò nella borsa in cerca di un anello in rame con una croce dorata. Se lo mise al dito e andò dalla famiglia per prendere l'ordinazione. Ancora prima di presentarsi fece un inchino, poi in modo molto ossequioso disse: «Mi chiamo Eleonora e oggi mi prenderò cura di voi. Siete una splendida famiglia».

Ricevette in cambio dei sorrisi e cominciò a raccontare di essere cresciuta in una famiglia molto credente e di aver abbracciato la vita monacale poi conclusasi con il forzato abbandono del convento per assistere sua madre ammalata che aveva bisogno di costose cure mediche.

«Per questa ragione mi trovo a lavorare qui. Spero di non avervi annoiata con questa breve storia, ma la vostra famiglia mi ricorda la mia.»

Le sue parole toccarono così profondamente l'animo di quelle persone, che al termine del pasto lasciarono sul tavolo una mancia di duecento dollari.

Poco dopo entrarono nel locale alcuni motociclisti ed Eleonora si sbottonò la camicetta. In realtà non aveva molti argomenti di conversazione perché di motori non ne capiva nulla, quindi, seguendo i suggerimenti che il padre le aveva dato in passato, fece una breve ricerca sul suo smartphone per leggere rapidamente alcuni articoli scritti da noti appassionati del settore. Frugò nella borsa dove custodiva una gran quantità di oggetti che utilizzava di volta in volta per fare colpo sulle persone che incontrava e trovò una bandana che assicurò alla testa, in più disegnò sul polso con un pennarello speciale le iniziali di una nota casa produttrice di motociclette. Nonostante non fossero venute bene e l'inchiostro avesse qualche sbavatura, sembrava davvero l'opera di un tatuatore.

Eleonora si presentò ai motociclisti che l'apostrofarono in modo piuttosto rozzo, ma a lei non diede fastidio perché sapeva di dover interpretare la parte della ragazza sexy. Raccontò loro di essere scappata di casa a quindici anni per seguire l'amore della sua vita del quale però non poteva rivelare il nome perché era ancora a capo di un club molto famoso composto da centinaia di motociclisti. Con quella mossa Eleonora si garantì di non essere importunata più di tanto da quei tipi che dal canto loro non si sarebbero mai sognati di infastidire la fidanzata di un uomo a capo di un club. Ad ogni modo non mancarono gli apprezzamenti rivolti all'aspetto fisico di Eleonora che conversò usando una voce suadente e farcendo i propri discorsi con allusioni e doppi sensi. La sua tattica si rivelò vincente perché quando i motociclisti lasciarono il ristorante, si ripromisero di farvi presto ritorno. Eleonora trovò sul tavolo cento dollari di mancia, ma nonostante ciò, cominciava a essere stanca di fare la cameriera.

Un giorno stava riordinando le stoviglie quando Al Valandine entrò nel locale che era già stato circondato dagli agenti in borghese di quello Stato che stavano collaborando con lui. Eleonora prese una cassa d'acqua e se la caricò su una spalla per nascondere il volto e raggiungere il bagno dove con un coltello tagliò l'asciugamano di stoffa che era fissato alla parete su un rullo. Con esso si fasciò il seno per nascondere le forme e travestirsi da uomo. Usò del trucco per rendere le sopracciglia più folte, mentre con il resto dell'asciugamano appena tagliato imbottì la camicetta proprio all'altezza della pancia.

Appena uscita dal bagno andò dritta verso la cucina dove dalla sua borsa tirò fuori un paio di baffi finti e una parrucca.

Inizialmente cercò di evitare l'ispettore, ma poi fu costretta ad avvicinarsi a lui per prendere l'ordinazione. Al la squadrò più volte dalla testa ai piedi, pur non riuscendo a riconoscerla. Dopo poco gli agenti in borghese irruppero nel locale, ma dopo averlo perquisito da cima a fondo non trovarono Eleonora e se ne andarono. Al si infuriò e pensò: "Eppure la soffiata proveniva da una fonte attendibile, comunque non mi arrenderò. In onore di mio padre prima o poi riuscirò a prendere quella criminale!".

Per far perdere le sue tracce Eleonora decise di trasferirsi sulla costa occidentale degli Stati Uniti dove affittò un appartamento fatiscente all'interno di un edificio dove c'erano solo tre bagni, uno per ogni piano, che venivano condivisi dai vari condomini.

Una mattina mentre passeggiava nei pressi del porto di Marina del Rey si era imbattuta in un signore che stava ripulendo il ponte di una barca di lusso. Eleonora lo osservò per un po' per capire se avesse la fede al dito e cogliere qualsiasi altro dettaglio potesse esserle utile per intavolare una conversazione. Tirò fuori dalla borsa una collana di corallo, in più decise di utilizzare il pennarello per disegnarsi sull'avambraccio una sirena che, a dire il vero, non le venne molto bene perché sembrava più una balena.

«Salve!» disse lei con tono amichevole.

Egli le rivolse un'occhiata veloce rispondendo con un cenno del capo, al contempo mostrando di non avere alcuna voglia di conversare.

«È la sua barca?» chiese Eleonora giocherellando con la collana di corallo con la speranza di attirare l'attenzione dell'altro per trovare uno spunto di conversazione.

«Certo che è la mia, mica pulisco le barche degli altri!»

Si trattava di un uomo di mezza età, dai capelli rossi ricci e la pancia piuttosto pronunciata. Sembrava un tipo ermetico e all'apparenza poco socievole.

"Un burbero marinaio. Comunque se ha quella panciona significa che ama mangiare e sicuramente non disdegna i piatti di pesce. Come direbbe mio padre: bisogna trarre delle conclusioni logiche" pensò un momento prima di chiedere: «Mi chiamo Eleonora e lei come si chiama?».

«Matthew del Mar» rispose lui con sguardo diffidente.

«Matthew, ho appena ormeggiato qui e non conosco nessuno. Potrei invitarla a pranzo per sapere qualcosa in più sul regolamento del porto?»

L'altro era affascinato dalla bellezza della donna ed era curioso di conoscere qualche dettaglio in più su di lei, quindi annuì e senza dire una parola scese a terra. Dopo poco chiese: «Dal suo tatuaggio e dalla collana di corallo deduco che lei è un'appassionata di mare, posso vedere la sua barca?».

Chiaramente voleva verificare se quanto asserito poco prima da Eleonora corrispondesse al vero.

«Nessun problema» rispose candidamente lei invitandolo a seguirla. Mentre percorreva il molo si guardava intorno per cercare una barca adatta, finché ne scorse una di grandi dimensioni sulla cui fiancata si poteva leggere il nome "Charlotte".

«Eccola qua!»

L'uomo fino a quel momento era stato piuttosto sulle sue, ma nel vedere quella barca di lusso divenne tutto d'un tratto loquace. Cominciò a porre molte domande per conoscere il peso dello scafo, la capacità di carico, la marca del motore, ecc. Eleonora non sapeva proprio cosa rispondere, ma venne salvata dalla comparsa del vero proprietario della barca. Si trattava di un uomo anziano con indosso un doppiopetto blu e un foulard di seta azzurro assicurato al collo. Nel vedere i due discorrere proprio di fronte alla sua imbarcazione chiese: «Posso aiutarvi?».

Matthew non capì come mai quell'uomo gli stesse rivolgendo la parola quindi con tono incerto disse: «La signorina mi sta mostrando la sua barca».

«Veramente la barca è di mia proprietà!» ribatté l'altro.

«Ah! Questa è bella!» disse Eleonora cercando di non dare a vedere quanto fosse in imbarazzo «se questa barca è tua sai dirmi quanto pesa lo scafo, o di che marca è il motore?»

«Beh» rispose l'altro mostrandosi confuso «non lo so, dovrei chiedere ai miei marinai, comunque…»

«Senti John» lo interruppe la donna «ora non ho tempo per gli scherzi, sali a bordo e preparaci qualcosa da mangiare, anzi, facciamo una cosa: lascia perdere, io e il mio amico ce ne andiamo al ristorante, ma tieni in caldo i motori perché dopo vorrei andare a visitare Catalina.»

L'altro non disse nulla perché incalzato da Eleonora che mentre si allontanava continuava a parlare a ripetizione per non dargli la possibilità di rispondere.

Proprio in quel momento, in un posto lontano da lì, l'ispettore Al Valandine aveva ricevuto una soffiata e si stava preparando a raggiungere la costa occidentale degli Stati Uniti dove sperava di arrestare Eleonora grazie anche alla collaborazione delle forze di polizia locali.

4

Matthew ed Eleonora si diressero verso il ristorante. Lei di tanto in tanto faceva delle soste per sistemare le boe o arrotolare delle cime che penzolavano dal molo. «Vedi? Ecco come lasciano le cose. Non so quanto mi tratterrò qui, ma a me piace stare in un porto ordinato.»

«Ah, sfonda una porta aperta, anche io sto sempre a sistemare quello che gli altri lasciano in disordine. La penso proprio come lei.»

L'uomo era intrigato dalla personalità esuberante che Eleonora mostrava di possedere e davvero credeva di avere a che fare con una donna facoltosa. I due andarono a pranzo e parlarono di varie cose, tra cui del remunerativo mestiere svolto da Matthew. Disse di essere un manager di una delle più grandi compagnie assicurative di imbarcazioni. Come c'era da aspettarsi Eleonora si fece spiegare nel dettaglio in cosa consistesse il suo lavoro, inoltre pose delle domande talmente acute da sembrare anche lei un'assicuratrice. Alla fine del pasto salutò Matthew dicendogli che si sarebbero incontrati presto. Si ritenne soddisfatta perché, così come insegnatole dal padre, aveva messo a frutto il suo tempo imparando delle cose che avrebbe utilizzato nel corso di future conversazioni. Inoltre aveva mangiato e bevuto a spese di Matthew, il quale si era offerto di pagare il conto.

Eleonora tornò a casa e quella notte non riuscì a chiudere occhio perché i vicini stavano litigando e il tramezzo che divideva i due appartamenti lasciava passare anche il più piccolo rumore.

Decise di mettere a frutto il tempo cerchiando su un giornale gli annunci di chi assumeva rappresentanti nel campo delle assicurazioni delle barche.

Il giorno seguente indossò il suo completo migliore e chiamò il padre da un telefono pubblico per raccontargli di come se la stava cavando. Maurice era ormai anziano e si trovava nella sua tenuta nel nord del Tennessee dove passava il tempo a leggere e a passeggiare nei boschi. Nel ricevere la telefonata della figlia si commosse e la invitò a non demordere perché grazie alla tenacia avrebbe trovato la sua strada e sarebbe riuscita a guadagnare molto. Eleonora dal canto suo non aveva mai incolpato il padre per la mancanza di sostegno, anzi gli era grata per averla mandata da sola per il mondo a farsi le ossa e voleva dimostrargli di essere scaltra come lui.

Eleonora giunse presso una piccola agenzia di assicurazioni e dopo un breve colloquio con il responsabile del personale, al quale aveva ripetuto quanto appreso recentemente da Matthew, venne assunta. La paga era bassissima, ma per ogni contratto concluso con i clienti avrebbe ricevuto una commissione che variava in base al valore della barca assicurata.

L'indomani le fu assegnata una scrivania, un telefono e una piccola postazione delimitata ai lati da pannelli di plastica rigidi dietro i quali si trovavano gli altri colleghi. In quella vecchia agenzia che lottava ogni giorno per non chiudere i battenti, difficilmente qualcuno avrebbe potuto fare carriera, ma Eleonora era pronta a combattere con tutte le forze pur di non deludere il padre.

Cominciò a contattare potenziali clienti i cui numeri di telefono erano riportati in ordine alfabetico su una lista che le era stata consegnata dal manager. Egli le faceva sempre gli occhi dolci e lei cercava di sottrarsi pur senza mostrarsi infastidita di ricevere le sue attenzioni.

Chiamò decine di clienti e rimase nell'agenzia fino a tarda sera, tuttavia solo due di loro si dichiararono interessati a stipulare una polizza assicurativa. Dopo un mese di lavoro riuscì a guadagnare appena cinquecento dollari, ma anziché darsi per vinta e cercare un altro impiego provò a pensare in modo divergente, chiedendosi: «Cosa farebbe mio padre?». Si rispose che doveva cambiare le carte in tavola se voleva riuscire a trovare dei clienti.

"Se fossi una rappresentante di vestiti andrei a visitare i negozi di abbigliamento, se vendessi pezzi per automobili frequenterei le officine meccaniche e gli autosaloni. Io cosa faccio? Vendo assicurazioni per le barche, quindi devo andare al porto" pensò mentre usciva dall'agenzia. Giunta nei pressi del molo si ritrovò di fronte alla barca chiamata "Charlotte" il cui proprietario dall'impeccabile abito blu, stava sorseggiando una bevanda sul ponte.

Non appena la vide esclamò: «Guarda un po' chi abbiamo qui, la proprietaria della mia barca!».

Eleonora sorrise e senza scomporsi troppo rispose: «Spero voglia perdonarmi, ma quando ci siamo incontrati ho dovuto fingere di possedere questa barca perché altrimenti avrei perso un cliente. Posso chiederle come si chiama?».

«Mi chiamo Richard. Di cosa si occupa, signorina?»

«Vendo assicurazioni per le barche.»

«Quindi stava cercando di far credere a qualcuno di possedere questa barca e nello stesso tempo gli stava vendendo una polizza assicurativa? Direi che è poco credibile, non penso che un assicuratore si possa permettere un oggetto di tale valore.»

«Ha ragione. Io sono a capo di una grossa agenzia assicurativa e il signore che l'altra volta era con me gestisce una flotta di barche e se solo avesse accettato la mia proposta, ora di certo non sarei qui davanti a lei.»

«Come si chiama signorina?»

«Charlotte» rispose Eleonora senza esitazione per non dare l'impressione di stare mentendo.

«Come la mia barca e come la mia defunta moglie.»

«Ah, non mi parli di lutti famigliari perché purtroppo ho

una lunga lista di defunti. Mio padre è morto in seguito a una malattia, mentre ho perso mia madre in un incidente d'auto.»

Eleonora notò che la postura dell'uomo era piuttosto rigida e le braccia erano ancora conserte; ciò denotava un atteggiamento di chiusura, quindi lei decise di continuare a inventare storie sulla sua famiglia e soprattutto a cercare di trovare una causa di morte che fosse la stessa della moglie del suo interlocutore. In questo modo avrebbe potuto entrare meglio in sintonia con lui. Il padre le aveva insegnato a stabilire rapporti di "similarità" e in particolare così si era espresso una volta: «Se tu venissi in contatto con un tifoso di baseball dovrai fargli credere di essere una delle più grandi fan di quello sport, oppure se incontrassi un appassionato di viaggi devi cominciare a sciorinare una lunga lista di posti che hai visitato in giro per il mondo. Ciò rappresenta un potente metodo per entrare rapidamente in sintonia con qualcuno».

Eleonora teneva a mente gli insegnamenti del padre mentre continuava a parlare con il facoltoso uomo dall'abito elegante. Gli disse di aver perso lo zio durante un'escursione in barca, mentre la zia era morta a causa di un incidente aereo, aggiunse che il nonno invece era passato a miglior vita a causa di un infarto. Fu quando citò il caso del cugino investito da un camion che si accorse di aver fatto centro perché Richard cominciò ad accarezzarsi il braccio mostrando, così, di volersi auto confortare.

Eleonora allora insistette su quell'argomento soffermandosi a raccontare di quanto l'improvvisa perdita del cugino avesse segnato la sua esistenza e quella della famiglia.

Richard ascoltò in silenzio e a causa delle “risonanze” che quella storia gli aveva generato, invitò la donna a salire a bordo dove le raccontò cosa era accaduto alla moglie che era passata a miglior vita proprio a causa di un incidente automobilistico. Trascorse qualche ora ed Eleonora pian piano cercò di portare il discorso sul lavoro che stava svolgendo per la compagnia di assicurazioni; inaspettatamente Richard le offrì la possibilità di assicurare la sua barca. Lei a malapena riuscì a contenere la felicità, tuttavia non fece trasparire alcuna emozione.

«Grazie Charlotte, mi ha fatto bene parlare con lei.»

«Il piacere è stato mio Richard, tornerò domani con il contratto. In effetti sono io che dovrei ringraziarla.»

Il giorno seguente il contratto venne firmato e quando Eleonora lo mostrò al suo manager egli quasi cadde dalla sedia. L’assicurazione stipulata era talmente alta da garantire una lauta provvigione a Eleonora che infatti di lì a qualche giorno ricevette cinquemila dollari. Anziché spendere quei soldi per comprare oggetti di lusso o per togliersi qualche sfizio, li reinvestì immediatamente. Inoltre decise di procurarsi dei documenti falsi e di cambiare nome in “Charlotte Leblanc”.

Si licenziò e affittò un locale in centro, poi chiese a due sue ex colleghi di andare a lavorare per lei. Offrì provvigioni più alte rispetto a quelle riconosciute loro dall’agenzia nella quale erano impiegati. Entrambi accettarono di buon grado, tanto sapevano benissimo che nell’agenzia di assicurazioni non avrebbero avuto alcun futuro.

Eleonora cominciò a lavorare giorno e notte stipulando un accordo con una piccola agenzia assicurativa chiamata "Malthen & Co." che le avrebbe dato la possibilità di lavorare come sub agente.

Invece di fornire ai suoi dipendenti lunghe liste di nomi da contattare telefonicamente, così come tutte le altre agenzie usavano fare, consigliò loro di andare al porto per cercare nuovi clienti. La sua idea innovativa funzionò perfettamente perché i proprietari delle barche preferivano interfacciarsi con una persona in carne ed ossa piuttosto che con un operatore telefonico che il più delle volte li disturbava nei momenti meno opportuni.

Le polizze assicurative cominciarono a essere stipulate ad alto ritmo ed Eleonora si trovò in breve tempo a dover assumere altre cinque persone che dopo un mese divennero dieci e poi venti: la sua agenzia stava macinando parecchi soldi facendo anche la fortuna della Malthen & Co.

Il tempo passò ed Eleonora si trasferì in una lussuosa casa non lontana da Malibu da dove chiamò il padre per informarlo dei suoi successi; lui ne fu molto compiaciuto, ma le consigliò di non fare il passo più lungo della gamba e di essere prudente. Inoltre, tra un colpo di tosse e l'altro, le disse che secondo lui Al Valandine non avrebbe mai smesso di darle la caccia.

Lei rispose: «Lo so papà, ma non riuscirà mai a prendermi perché io sono più scaltra di lui».

«Ricorda Lele che è soprattutto l'umiltà a renderci persone scaltre. Non sottovalutare Al e agisci sempre con prudenza.»

«Va bene papà. Piuttosto, perché ti ho sentito tossire? Cos'hai?»

«Nulla Lele, è solo una brutta influenza.»

In realtà Maurice era affetto da una grave malattia, ma aveva deciso di non rivelarlo alla figlia per evitare che si preoccupasse.

Una volta stipulati i contratti con buona parte dei proprietari delle barche ormeggiate al porto di Marina del Rey, Eleonora mandò i suoi agenti a cercare nuovi clienti presso altri porti. Uno dei punti forza delle polizze che proponeva era proprio quello di offrire alte coperture assicurative in cambio di cifre di denaro piuttosto basse.

Nel frattempo Eleonora aveva un conto in banca da capogiro e cominciò ad espandere il campo d'azione inviando i suoi dipendenti presso i cantieri navali per cercare di raggiungere nuovi facoltosi clienti.

Anche questa scelta si rivelò azzeccata e decine di nuovi contratti furono stipulati dalla sua agenzia. In breve tempo Eleonora giunse al culmine del successo.

5

Gli stessi clienti che avevano già assicurato le loro barche, si rivolgevano a Eleonora per stipulare polizze per la casa, l'auto e perfino per oggetti di valore. Un giorno un grosso yacht affondò e la Malthen & Co. si rifiutò di risarcire i proprietari perché Eleonora, pur di vendere la polizza assicurativa a un prezzo competitivo, aveva garantito loro che in caso di incidente avrebbero ricevuto un compenso di due milioni di dollari. In realtà sulla copia del contratto inviata alla Malthen & Co. aveva indicato un massimale assicurativo di trecentomila dollari.

Dopo qualche tempo vennero avviate delle indagini e si scoprì che lo stesso sistema era stato utilizzato in tante altre occasioni. In poche parole Eleonora aveva alterato gli importi dei contratti inviati alla Malthen & Co.

Un giorno Al Valandine si presentò presso la società di Eleonora la quale era stata abbastanza scaltra da prepararsi varie vie di fuga; raggiunse rapidamente le scale di emergenza e si arrampicò sul tetto dove ad attenderla c'era un deltaplano a motore. Purtroppo per lei un elicottero stava sorvolando l'edificio, allora non si diede per vinta e raggiunse il garage dove da tempo aveva parcheggiato un'auto speciale avvolta da una pellicola blu termoadesiva che se bagnata con acqua calda diveniva di colore rosa. Servendosi di un tubo dell'acqua le cambiò colore, in più usando un cacciavite sostituì le targhe, indossò una parrucca bionda e si mise alla guida. All'uscita del garage venne fermata da un agente al quale si rivolse con tono preoccupato: «Signore! Cosa succede? Come mai siete in quest'area?».

Egli sulle prime non la riconobbe e rispose: «Stiamo cercando una criminale».

«Vi auguro di trovarla, ora devo andare» rispose lei, pentendosi subito dopo di essersi lasciata prendere dalla fretta. Sapeva che avrebbe dovuto stabilire una sintonia con il suo interlocutore, ma in quel momento era agitata e lo aveva dimenticato.

L'agente, insospettito dalla fretta della donna, le chiese di scendere dal veicolo ma Eleonora partì sgommando e in un men che non si dica si ritrovò alle costole molte macchine della polizia.

Riuscì a entrare in un autolavaggio dove si nascose all'interno del grande box per l'asciugatura dei veicoli. Aiutandosi con una spatola rimosse la pellicola dall'auto per fare in modo di scoprire la vernice originale che era di colore bianco.

Cambiò nuovamente le targhe e proprio quando si apprestava a uscire da lì, Al Valandine le si parò davanti. «Ti ho trovata finalmente! Questa volta non mi sfuggirai! Fermati!»

Eleonora ingranò la marcia e riuscì ad allontanarsi, ma dopo poco le macchine della polizia le furono nuovamente addosso.

«Sei tenace, eh! Ma quando capirai che voglio essere lasciata in pace?» disse lei con tono esasperato. Nel frattempo il suono delle sirene della polizia stava prepotentemente entrando nel suo abitacolo facendole capire che non le rimaneva molto tempo a disposizione, quindi svoltò verso il molo e si lanciò con l'auto nell'oceano.

Da sotto il sedile estrasse una piccola bombola collegata a un respiratore e non appena l'auto si riempì d'acqua lei riuscì ad aprire lo sportello e ad uscire, ma quanto non poteva immaginare era che il dispiegamento delle forze di polizia era considerevole. L'ossigeno nella piccola bombola terminò e fu costretta a salire in superficie dove venne individuata da una motovedetta e arrestata dagli agenti.

L'ispettore Al Valandine celebrò con i suoi colleghi la cattura di Eleonora che volle comunque incontrare nella cella del distretto dove era stata rinchiusa.

«Finalmente! Come devo chiamarti Eleonora o Charlotte?»

«Bah, fai tu.»

«Mio padre ha dato la caccia a te e al tuo vecchio per anni. Quella volta al parco dei divertimenti vi aveva quasi acciuffato.»

«Me lo ricordo! Ti ha detto dello stratagemma dei palloncini e di come siamo riusciti a fuggire?»

«Sì, me lo ha raccontato e voglio confessarti una cosa. Nonostante i criminali meritino di essere puniti, in qualche modo mi sono affezionato al tuo caso. Mi chiedo cosa farò adesso che ti ho arrestata. È incredibile come io e mio padre abbiamo passato la vita a darti la caccia e ora anziché essere contento di avere finalmente vinto, provo un senso di insoddisfazione. Non capisco perché sono così confuso.»

In realtà Al era affascinato dalla bellezza di Eleonora e soprattutto dal fatto che fosse una donna scaltra e intelligente. Spesso si era fermato a pensare a come sarebbero potute andare le cose tra loro se lei non fosse stata una truffatrice. Sebbene fosse la prima volta che parlava con lei, aveva l'impressione di conoscerla benissimo.

Eleonora per la seconda volta nella sua vita si trovava faccia a faccia con Al. La prima volta lo aveva incontrato nel ristorante quando, travestita da uomo, gli si era avvicinata abbastanza da notare il colore verde dei suoi occhi. Ora che lo aveva di fronte non poté esimersi dal constatare come fosse proprio un uomo attraente. Anche lei pensò a come sarebbe potuta andare tra loro se si fossero incontrati in circostanze diverse. Decise allora di utilizzare le sue arti comunicative.

«Al, vorrei ricominciare da capo con te. Tu sai come mi chiamo e io conosco il tuo nome, vogliamo però presentarci come se fossimo al nostro primo incontro?»

«Che senso ha?»

«Per favore, tanto non posso scappare, giusto? Siamo in una cella e tu hai le chiavi, in più qui fuori c'è una guardia di piantone, dove vuoi che vada?»

Nonostante l'altro trovasse strana quell'inusuale richiesta, acconsentì. Lei gli porse la mano e non appena lui la strinse avvertì il battito del cuore accelerare per l'emozione.

«Mi chiamo Eleonora e tu come ti chiami?»

«Al» rispose lui cercando di non dare a vedere quanto fosse emozionato.

«Ti va di immaginare dove ci saremmo potuti trovare ora, se ci fossimo incontrati in circostanze diverse?»

«Mi piacerebbe» disse lui d'impulso, poi come se si fosse ricordato di quale ruolo rivestiva si corresse aggiungendo: «ma non è possibile, io lavoro per i buoni e tu sei una truffatrice».

«Pensi che io e te siamo tanto diversi?»

«Sì, purtroppo, cioè sì e basta. Io ho una coscienza.»

Eleonora si prese qualche momento per rispondere e lo fissò intensamente. Lui avvertì il peso del suo sguardo e, imbarazzato, girò la testa da un lato.

«La coscienza. Come mi ha insegnato mio padre si tratta di qualcosa che ha creato l'essere umano. In natura il predatore uccide la preda perché deve sopravvivere: pensi che un leone dopo aver sbranato la gazzella si senta in colpa? Il mondo è come una giungla e ogni giorno possiamo scegliere se essere prede o predatori.»

«Quanto affermi rivela che sei una persona che non si fa scrupoli.»

«Scrupoli? Nella mia vita ho cercato di sopravvivere in una giungla fatta di regole ben lontane da quelle naturali. I tuoi genitori ti hanno insegnato a stare in una società dove per procurarti il cibo devi lavorare, per comprare una macchina devi lavorare, per avere una casa devi lavorare e così via.»

«Cosa c'è di strano?»

«C'è che nessuno capisce quanto tutto ciò sia sbagliato. Quel che al giorno d'oggi viene considerato da tutti come normale, in realtà non lo è. La società attuale chiede molto alle persone e le obbliga a lavorare.»

«Non è vero. Nessuno è obbligato a lavorare.»

«È proprio questo il punto! Tutti dicono che la vita è fatta di scelte, ma posso smettere di lavorare se vivo in una società come quella attuale? Quali alternative ho?»

Il discorso di Eleonora suonava congruente nella testa di Al, ma la sua profonda moralità da una parte lo induceva a rifiutarlo.

Lei aggiunse: «Se ci pensi è peggio della schiavitù perché oggigiorno la gente è prigioniera, ma si crede libera. Un tempo almeno gli schiavi sapevano di non avere tante alternative. La verità invece è che al giorno d'oggi nessuno sceglie di lavorare, ma è obbligato a farlo. Cos'altro dovrebbe fare? È come se alle persone si dicesse: sentitevi libere di non lavorare, ma se non lo fate non potrete vivere nella società dove siete nate a meno che non andiate a fare i mendicanti per strada».

«Non pensi che un onesto lavoro possa essere un'opzione valida?»

«Certamente, se non fosse che un onesto lavoro nella società attuale non consente di vivere, ma appena di sopravvivere. Se dopo aver pagato l'affitto, le bollette o il mutuo si hanno a malapena i soldi per comprare il cibo alla famiglia o per portare i figli in vacanza o semplicemente per dargli ciò di cui hanno bisogno, allora dove sta la libertà di cui parli? Come già sai, quando ero piccola mio padre mi portò al parco dei divertimenti. Se non avessimo trovato il modo per entrare gratis non saremmo mai stati in grado di pagare i biglietti d'ingresso. Quindi ti chiedo: un bambino che vive in una famiglia con i soldi è più libero rispetto a un bambino che non li ha? Chi se lo può permettere va al parco dei divertimenti, mentre chi è povero se ne sta con il naso incollato alla finestra di casa a guardare gli altri che si svagano.»

«Entrambi sono liberi e possono scegliere cosa fare della loro vita.»

«Non credo proprio perché il figlio con i soldi potrà utilizzare il tempo come vuole, mentre il povero se ne starà a mendicare per strada come ha fatto mio padre quando era piccolo. Secondo te è normale che oggi la libertà debba essere conquistata grazie ai soldi? Se li hai non devi timbrare il cartellino in ufficio, mentre se non li hai dovrai compiere quel gesto per anni e vivere di rinunce. L'ultimo minuto che ti resterà da vivere ti guarderai indietro e scoprirai di aver passato la vita a lavorare per qualcuno che si è impossessato della cosa più importante che avevi: il tuo tempo.»

Al si era fatto coraggio e stava guardando Eleonora negli occhi. L'idea di darle un bacio si fece largo nella sua mente ma la ricacciò indietro con forza e disse: «Vai avanti».

«Ebbene, se la libertà di viaggiare, di vedere il mondo, di poter mangiare quello che si vuole e di disporre del proprio tempo passa per i soldi, si creeranno generazioni di persone che saranno orientate a desiderare il denaro per guadagnarsi una fetta di libertà. Tenteranno di affrancarsi da una schiavitù silente che serpeggia nella società moderna e che è travestita da libertà. Ecco. Ora avrai finalmente capito perché nella vita ho scelto di non fare la brava scolaretta al servizio di chi vuole sfruttarmi: ho sempre cercato la libertà.»

«L'hai però cercata con mezzi poco leciti e ora l'hai persa.»

«Sicuro? La mia libertà è costituita dai bei ricordi che ho e dalle esperienze vissute.»

«Il tuo modo di ragionare è logico, ma errato perché legittima l'operato di chi compie azioni illecite.»

I due si guardarono intensamente negli occhi e si avvicinarono come se volessero baciarsi, ma furono interrotti dalla guardia che ricordò ad Al di aver esaurito il tempo a sua disposizione.

Eleonora fu giudicata colpevole e condannata a scontare molti anni di carcere. Una mattina le comunicarono la notizia della morte del padre e lei ne fu talmente addolorata da rimanere per giorni a letto senza avere la forza di alzarsi, poi si riprese anche perché sapeva di avere ancora una freccia al suo arco.

In occasione del suo quarantaduesimo compleanno ricevette una torta da parte di una sua ex dipendente che in passato aveva lavorato nell'agenzia di assicurazioni.

Utilizzando un cucchiaio Eleonora ridusse la torta in briciole, poi applicò la glassa colorata, che in realtà era un potente acido, sulle grate della cella per farle sciogliere come il burro. Si calò giù per il muro con le lenzuola annodate tra loro e riuscì ad allontanarsi dal carcere giungendo in un bosco. Rimase per un momento a osservare la natura intorno a lei e mormorò: «La libertà».

Note sull'autore

Emiliano Forino Procacci è uno psicoterapeuta esperto di comunicazione verbale, non verbale e di codifica/decodifica delle espressioni facciali. Dopo aver conseguito due lauree magistrali ha poi continuato la sua formazione a Londra e in California, dove attualmente risiede.
Il Governo degli Stati Uniti gli ha riconosciuto un visto per abilità straordinarie, inoltre Emiliano ha inventato un innovativo metodo per effettuare la selezione del personale basato su tecniche di assessment, sulla lettura delle microespressioni facciali e del linguaggio del corpo.
Oltre a essere l'autore di vari libri è anche il proprietario del trademark Unstatus Luxury™.
Emiliano ha vinto il Golden Book Award 2016, inoltre si è classificato terzo al Book Fest Award 2022 (Los Angeles) e finalist sia al Best Book Awards che all'International Book Awards.

Instagram: emiliano_forino_procacci

Facebook: Emiliano Forino Procacci

Dello stesso autore:

La trilogia

Il mondo senza emozioni (2020)

In un mondo nel quale le persone non sono in grado di provare alcuna emozione, ha inizio la storia di William Pattern che alla ricerca della verità si spingerà oltre ogni confine. Continui colpi di scena ed eventi inaspettati porteranno il protagonista a confrontarsi con una strana organizzazione della resistenza e a scoprire l'importanza delle emozioni, delle microespressioni facciali e del linguaggio del corpo.
In un mondo popolato da persone con il volto inespressivo e il cuore freddo come il ghiaccio, si verificano molti avvenimenti straordinari, come quello di una storia d'amore impossibile che si intreccia con una trama ricca di azione ed enigmi da risolvere.

Il mondo senza emozioni - EVOLUTION (2021)

Antichi simboli e miti fanno da sfondo a una trama ricca d'azione e piena di colpi di scena, nella quale William Pattern dovrà risolvere complicati enigmi per ripristinare l'ordine mondiale.
Il protagonista andrà alla ricerca di una verità sepolta tra i monumenti di una città ricca di storia, nel tentativo di far trionfare l'amore per la verità. A guidarlo sarà il suo istinto e il desiderio di scoprire cosa si cela dietro un'antica leggenda e misteriose iscrizioni latine.
Un'atmosfera surreale avvolge un mondo nel quale gli esseri umani hanno perso le emozioni e assunto un'espressione facciale neutra.
A una trama appassionante fa da sfondo una storia d'amore tra due esseri umani che sono costretti a lottare per realizzare il loro sogno di vivere una vita felice insieme.

Il mondo senza emozioni - LA VIA DELLA LUCE (2021)

In un mondo senza emozioni William Pattern andrà alla ricerca di antichi miti sepolti tra le pieghe del tempo e della storia. Frasi latine ed enigmi celano da secoli una profonda verità che se rivelata potrebbe cambiare il mondo, per questo William partirà per un'avventura senza precedenti con lo scopo di ristabilire l'ordine mondiale.
Misteriosi monumenti fanno da sfondo a una trama mozzafiato piena di colpi di scena e significati nascosti. Simboli, iscrizioni, figure geometriche, atti eroici, accompagneranno il lettore in un vero e proprio viaggio verso la via della luce.
Il mondo senza emozioni descritto nel romanzo rappresenta una metafora di quello attuale nel quale molte persone interagiscono tramite i social media, ma dove a volte le emozioni stentano a manifestarsi. Da qui l'esigenza di scrivere un romanzo che rappresenti anche uno strumento per diffondere una maggiore consapevolezza verso temi attuali come quello del rispetto delle donne.

DR. EMOTION – Il Supereroe delle emozioni (2022)

Un supereroe, un'organizzazione segreta che vuole sovvertire l'ordine mondiale e una misteriosa pietra rossa. Questi sono solo alcuni elementi del nuovo romanzo di Emiliano Forino Procacci che presenta per la prima volta al mondo un personaggio eccezionale con la capacità di governare le emozioni.
Elementi storici, azione, storie d'amore ed enigmi fanno da sfondo a una trama originale piena di colpi di scena e soprattutto mai presentata prima d'ora al grande pubblico.
Si può essere ogni giorno dei supereroi aiutando il prossimo, esercitando la forza di volontà e facendo appello alle risorse interiori.

Nihil difficile volenti: nulla è arduo per colui che vuole.

La leggenda degli scrittori straordinari (2022)

Le luogotenenze elementali sono in pericolo e potranno essere salvate solo grazie alle Penne di Luce e ai quattro scrittori straordinari, ognuno dotato del potere di far materializzare quanto scrive.
Fantastiche battaglie, luoghi incontaminati, colpi di scena, il tutto mescolato abilmente in una trama originale con riferimenti continui alla mitologia, alla storia, ai numeri e ai simboli.
Dopo il *Dr. Emotion* (primo supereroe al mondo in grado di manipolare le emozioni) e la trilogia *Il mondo senza emozioni*, Emiliano Forino Procacci presenta al pubblico un nuovo originale romanzo, in cui all'azione dei protagonisti fa da sfondo la trattazione di problemi concreti che toccano da vicino la società contemporanea.

Preston Whisley e il portale della storia (2023)

Dante Alighieri, Michelangelo, Leonardo da Vinci sono solo alcuni dei personaggi evocati dallo "scrittore straordinario" Preston Whisley, dotato del potere di generare un portale per connettere il mondo antico con quello moderno.
Come giudicherebbero i personaggi del passato la società contemporanea se avessero l'occasione di visitarla? Emiliano Forino Procacci prova a rispondere a tale quesito con il suo romanzo ricco di informazioni storiche e di eventi realmente accaduti.
Un libro coinvolgente che, così come ci ha abituato l'autore con le sue precedenti opere, vuole mandare un messaggio forte a chi vive nella società moderna, cercando al contempo di sollecitare una riflessione su temi attuali come quelli dell'inquinamento e dell'uso smodato di una tecnologia che lentamente sta allontanando l'essere umano dalla natura da cui egli stesso proviene.

LA COMUNICAZIONE CHE VIVE NEL PASSATO – Genealogia di un'antica famiglia europea (2017)

Non un romanzo, ma un libro di genealogia che narra le vicende di alcune illustri famiglie europee.
Nel testo è possibile apprezzare, grazie alle numerose lettere che si scambiavano alcune persone vissute nei secoli scorsi, lo stile che sovente utilizzavano, le modalità comunicative ricorrenti e il ricercatissimo lessico di cui facevano uso. Il presente lavoro intende anche fornire un utile contributo alle scienze storico genealogiche - vedasi la narrazione degli eventi legati alla breccia di Porta Pia del 1870, descritti con dovizia di particolari dai testimoni oculari.

Poco importa se si discende da un casato nobile o meno, ma ciò che conta è dimostrare giornalmente con le proprie opere di essere eredi di un'educazione e una cultura secolare. Sarebbe poco onorevole vantarsi di avere avi illustri, se poi con il proprio comportamento non gli si rendesse omaggio.

www.ingramcontent.com/pod-product-compliance
Lightning Source LLC
LaVergne TN
LVHW041159150826
845673LV00001B/224

* 9 7 9 1 2 2 1 0 4 3 8 8 4 *